Découvrez l'histoire par les archives de presse

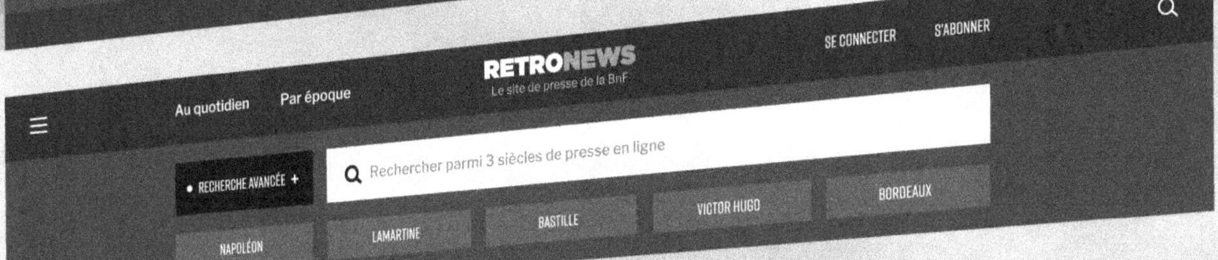

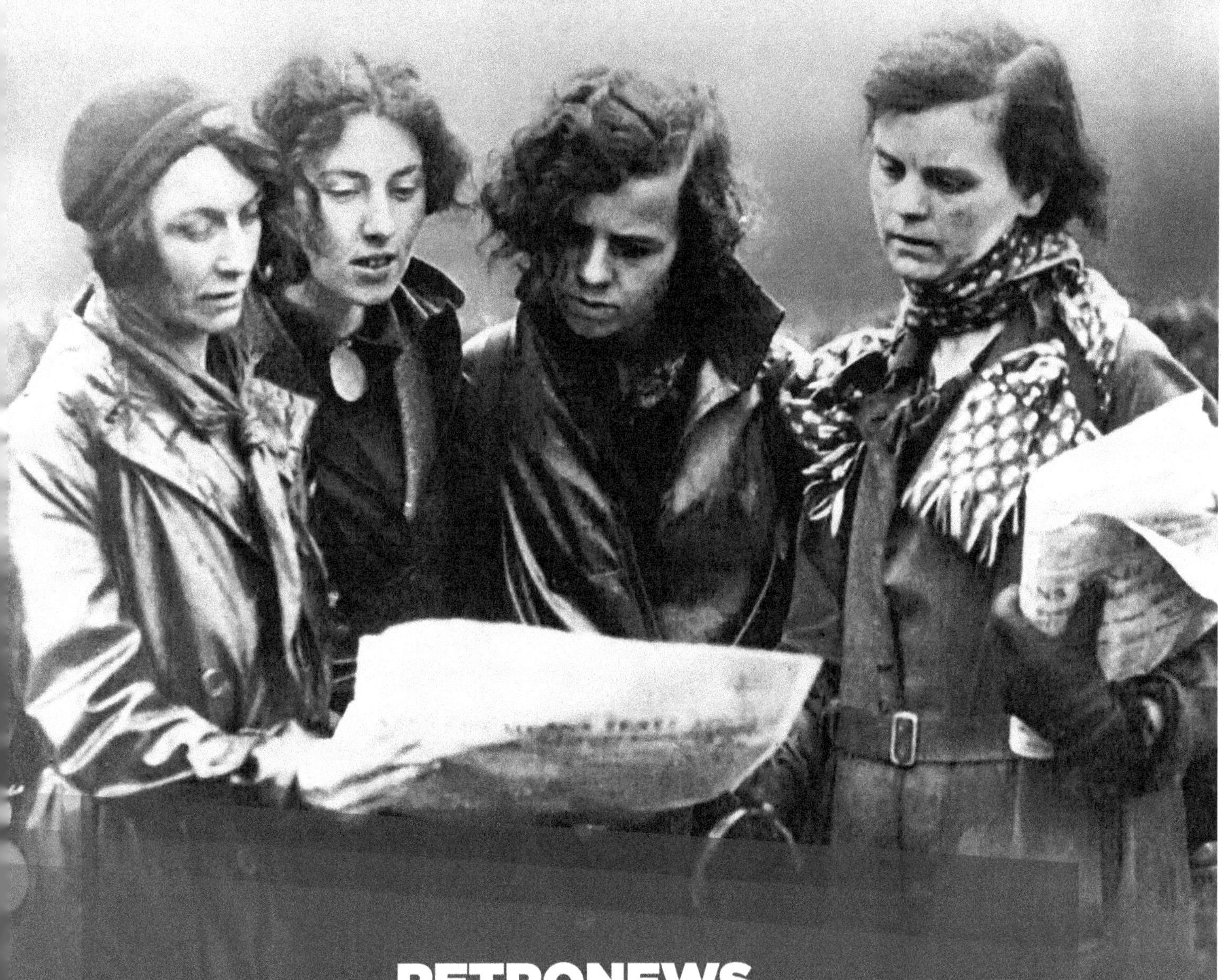

RETRONEWS

Le site de presse de la BnF

www.retronews.fr

"Les Partisans"

REVUE DE COMBAT, D'ART, DE LITTÉRATURE ET DE SOCIOLOGIE

—•» *Paraissant tous les quinze jours* «•—

SOMMAIRE

Idées et Combats :

J. CHARLES-BRUN
Un chapitre d'Histoire littéraire

ALPHA et OMEGA
Les Combats singuliers

GABRIEL TALLET
La Politique

R. SAINTE-MARIE
Consolations à Des Grieux

C. POINSOT
et
A. MÉRODACK-JEANEAU
La Foule et la Beauté

HAN RYNER
Critique Littéraire : Les Proses

J. CHARLES-BRUN
Critique Littéraire : Les Poésies

ALBERT BOISSIÈRE
A propos de Suzanne Desprès
Critique Dramatique

JEAN HURÉ
La Musique de l'avenir

HENRY EON
Étrennes

PHILIP JAMIN
Lettre de Genève : L'Art Romand

Illustrations :

Couverture :

Au recto
Composition de PAUL BERTHON

Au verso
Vignette d'ARMAND RASSENFOSSE

Vignettes nouvelles
de
PAUL GUIGNEBAULT
ALEXIS MÉRODACK-JEANEAU
LOUIS PAYRET-DORTAIL

Les Affiches Illustrées :
" L'Assommoir " Affiche de STEINLEN

Les Réclames Illustrées :
Les Cuirs
les Reliures
les Coussins
les Étoffes d'Art
de LOUIS PAYRET-DORTAIL

Sous la direction de **Paul Ferniot** et **Paul-Redonnel**

" LA MAISON D'ART ", 23, RUE DE VAUGIRARD, PARIS (VIᵉ ARROND¹)

20 Décembre 1900. — Nᵒ 4.

Prix : 0 fr. 50 centimes

"LES PARTISANS"

REVUE DE COMBAT

D'ART, DE LITTÉRATURE ET DE SOCIOLOGIE

Bi-mensuelle illustrée

SOUS LA DIRECTION DE

MM. Paul Ferniot et Paul-Redonnel

Secrétaire de la Rédaction : PAUL-HUBERT

ABONNEMENTS :

Édition sur Alfa

FRANCE, ALGÉRIE, CORSE ET TUNISIE	AUTRES PAYS
Un An : **12** fr. — Six Mois : **7** fr.	Un An : **15** fr. — Six Mois : **8** fr.

Édition sur Japon (**10** ex. seulement) : **60** fr.

ADMINISTRATION ET RÉDACTION

à " La Maison d'Art "

23 — Rue de Vaugirard — 23

PARIS (VIᵉ Arrond)*

LE MERCREDI ET LE SAMEDI DE 4 HEURES A 6 HEURES

On s'abonne sans frais dans tous les Bureaux de Poste

La Revue se trouve aux Bibliothèques des Gares et chez tous les Libraires de France et de l'Etranger

→ **SPÉCIMEN** contre l'envoi de **0,60** centimes en timbres-poste ←

Le Gérant, L. LHEN.

Pour paraître dans le courant de l'année 1901

Le Satyricon de Gaius Petronius. Traduction nouvelle de Laurent Tailhade. Préface de M. Jacques de Boisjoslin.

Dans l'étable des pignoufs, par Laurent Tailhade.

L'Homme Fourmi, roman par Han Ryner.

M. Duplessis veuf, roman par Albert Boissière.

Contes de l'Alcôve et du Champ de Bataille, par Hugues Rebell.

Erotiques et Géorgiques, par Alexandre Meunier.

Mérodack-Jeaneau et son Œuvre, sous la direction de Paul Ferniot et Paul-Redonnel.

Douze Filles de E. Grasset, par Léon Bloy.

Aquarelles d'âmes, poèmes, par Albert Boissière, avec une couverture en couleurs de E. Grasset, un frontispice à la sanguine d'Alphonse Osbert, en-tête et culs-de-lampe de Louis Payret-Dortail et cinq dessins de Rodin, hors texte, lithographiés par A. Clot.
Un volume in-8, prix. . . . 15 »

Contes prophétiques, par Han Ryner, avec couverture en couleurs, en-têtes, culs-de-lampe et nombreux hors-texte en lithographie par Alexis Mérodack-Jeaneau.
Un volume in-8, prix . . . 15 »

La Caresse des Tropiques, roman, par Hugues Rebell.
Un volume in-16, prix . . . 3.50

L'Escalier des sept degrés d'amour, par Ruysbrœck l'Admirable, traduction de Raoul Sainte-Marie.

" Les Partisans "

SOMMAIRE DU N° 1 - 5 NOVEMBRE 1900

Idées et Combats :

Paul-Redonnel. — *La Parade.*
Les Controverses d'Alpha et d'Omega : La Guerre de Chine.
Léon Bloy. — *Le Fiasco de 1900.*
Edouard Beaufils. — *La Vie Sentimentale.*
Laurent Tailhade. — *Les Kalendes et les Ides.*
Han Ryner. — *Les Proses.*
J. Charles-Brun. — *Les Poèmes.*
Maurice Laurent. — *La Décentralisation.*
R. Sainte-Marie. — *L'Art Mystique.*
Albert Boissière. — *Critique Dramatique.*
Henry Eon. — *Art Moderne.*
Pierre Dombasle. — *Art Décoratif et Ameublement.*
Paul-Hubert. — *Les Revues.*
de Beaurepaire-Froment. — *Courrier d'Occitanie.*

Illustrations :

Couverture et Vignettes de Louis Payret-Dortail. — *Porte intérieure du Palais de Delhi.* — *Méphistophélès et Faust au Sabbat.* — *Deux dessins de J.-L. Rame.* — *Croquis inédit de Ch. Léandre.* — *Dessin de Paul Cirou.* — *Léda, dessin inédit de François Maréchal.*

SOMMAIRE DU N° 2 - 20 NOVEMBRE 1900

Idées et Combats :

Emile Boissier. — *Les Bathylles Modernes.*
Les Controverses d'Alpha et d'Omega : La dépopulation.
Laurent Tailhade. — *Les Kalendes et les Ides.*

Bouquiniana. — *Curiosités historiques.*
Paul Ferniot. — *Bibliophilie.*
Han Ryner. — *Les Proses.*
Albert Boissière. — *Critique Dramatique.*
Pierre Dombasle. — *Art Décoratif et Ameublement.*
M° E. G. Dours. — *Le Palais des Tribunaux.*
Paul-Redonnel. — *Les Journaux.*
Paul-Hubert. — *Les Revues.*

Illustrations :

Couverture et Vignettes de Alexis Mérodack-Jeaneau. — Une pointe-sèche et un dessin de Henri Boutet.

SOMMAIRE DU N° 3 - 5 DÉCEMBRE 1900

Idées et Combats :

Han Ryner. — *L'Ame de la Pendule.*
Alpha et Omega. — *La Surintendance des Beaux-Arts.*
Paul-Redonnel. — *Baie ouverte sur les " Odes aux Broussailles ",* poème.
Laurent Tailhade. — *Les Kalendes et les Ides.*
Han Ryner. — *Les Proses.*
Bouquiniana. — *Curiosités historiques.*
Albert Boissière. — *Critique Dramatique.*
Henry Eon. — *Art moderne.*

Illustrations :

Couverture et vignettes de Paul Guignebault. — Illustrations d'Alexis Mérodack-Jeaneau pour *l'Ame de la Pendule.* — Ornements typographiques de Louis Payret-Dortail pour " *Baie ouverte sur les Odes aux Broussailles* ". — *Portrait de J. Clérice.* — Les Affiches illustrées: *Jane Othello* par Paul Berthon.

Si vous voulez être au courant de la jeune Littérature;

Si vous tenez à savoir quel est le roman, la pièce de théâtre ou le poème qui préoccupe l'opinion publique;

Si vous êtes curieux d'Art;

Si vous voulez passer agréablement et utilement une heure ou deux chaque quinzaine;

Abonnez-vous

aux " **PARTISANS** "

LES PARTISANS

REVUE DE COMBAT, D'ART, DE LITTÉRATURE ET DE SOCIOLOGIE

Bi-mensuelle illustrée

BULLETIN D'ABONNEMENT

ABONNEMENTS : France, Corse, Tunisie, Algérie, Un An, **12** fr. ; Six Mois, **7** fr.
Autres pays : Un An, **15** fr. ; Six Mois, **8** fr.

Je déclare souscrire un abonnement de................................*à partir du*..................

pour la somme de ....

en un mandat ci-inclus.

SIGNATURE :

Nom :..

Adresse :..

Adresser ce Bulletin à la **Maison d'Art**, 23, Rue de Vaugirard, PARIS (VIᵉ Arrondᵗ)

Un chapitre d'Histoire littéraire

par J. Charles-Brun

Histoire de la Langue et de la Littérature françaises des origines à 1900.

Paris, A. Colin édit.; Vol. VIII, 67e fascicule, Chap. II, *Les Poètes* (1850-1900), par M. HENRI CHANTAVOINE, professeur au Lycée Henri IV.

ÉVIDEMMENT, il fallait écrire ce chapitre : l'omission eût été excessive, en vérité. Évidemment aussi, il fallait qu'un professeur fût chargé de l'écrire, puisque les professeurs collaboraient seuls à l'ouvrage. Mais quelle besogne ingrate et malaisée ! et còmme le sujet du chapitre jurait avec la qualité de l'auteur ! Certains, peut-être, eussent hésité. Ils auraient fait valoir que, les rapports entre les poètes modernes et les critiques universitaires étant dénués de cordialité et de charme, il n'était guère possible d'être ou, mieux, de paraître impartial. Peut-être auraient-ils ajouté que, tout en blâmant les petites chapelles, les théories abstruses, les tours d'ivoire, le parti-pris d'obscurité, la recherche éperdue de l'étrange, on ne pouvait écrire un compendium de la poésie contemporaine sans avoir essayé de goûter un peu à ces « voluptés malsaines », et ne fût-ce que par « malsaine curiosité », Félicitons M. Chantavoine de n'avoir cédé à aucun de ces scrupules. Je ne crois point qu'un autre se fût plus mal acquitté de la tâche que lui, et il ne faut pas trop demander aux hommes. Mais un autre s'en fût acquitté plus médiocrement sans doute, et je ne hais rien tant que le médiocre. Les œuvres franchement mauvaises ont, du moins, de la saveur : nous sommes trop habitués aux vertus moyennes ; et nous aurions perdu, à la discrétion de M. Chantavoine, le plaisir singulier de voir un homme parler, avec dogmatisme et non sans élégance d'école, d'un sujet qu'il ne connaît absolument pas.

Ah ! l'habile homme ! Il a finement averti les « oubliés ou les méconnus » qu'ils trouveront « une compensation dans la bienveillance, présente ou future, de juges moins rigoureux et dans la bonne opinion qu'ils ont d'eux-mêmes. » Ardez la malice ! Qui voulez-vous maintenant qui ose se plaindre ? Le bourgeois se dit qu'il a ses quatre-vingts pages pour ses trente sous, et qu'on lui a cité bien assez de poètes, de lui inconnus. Et gare à celui qui proteste, s'il ne fut pas nommé ! On criera au dépit. Mais moi ? Moi qui ne prétends point un rang parmi les notoires, encore que j'aie écrit des vers autrefois, comme M. Chantavoine aussi, paraît-il ? Voilà des précautions qui vont devenir la précaution inutile.

Je m'en tiens à la dernière période de notre histoire poétique, et, puisque l'auteur aime classer, à celle qui suivit le Parnasse. Nous l'avons vécue, celle-là, si je puis dire : et la fantaisie ne nous prendrait guère d'aller nous documenter sur elle dans un ouvrage qui n'est, au fond, qu'une entreprise de librairie. Mais la haute probité du maître qui dirigea cette « *Histoire de la langue et de la littérature française* », son dessein nettement affirmé, la date même de la parution du dernier volume, tout concourt à faire acheter ces gros bouquins par une jeunesse studieuse ou par le public étranger lettré. Dieu puissant ! quelle affolante litanie ! Comme voilà des gens qui seront renseignés ! Je leur conseille de faire étalage de leur érudition, et, à vrai dire, ils en remontreront aux plus grands clercs de chez nous. M. Chantavoine a joué à ses lecteurs l'amère farce, et classique, qui consiste à enseigner l'auvergnat à des Américains du nord, sous couleur de leur apprendre le portugais. Vous croyez peut-être que j'exagère ? Ah ! de grâce, citons ! Et remarquez bien, je vous prie, que M. Chantavoine est gêné par l'espace, et qu'il est rigoureux. Il nous en a prévenus tout à l'heure. Ainsi, nous ne trouverons dans ses pages que les poètes éminents, ceux qui ont marqué une étape, exercé une influence, été eux-mêmes. Eh mais ! il me semble que M. Rabès, de Tulle, et M. Riffard, de Mantes, sont, en effet, assez reluisants. Que pensez-vous de MM. Gourdon, de Nolhac, de Bouchaud, Bellessort, Hollande, Trarieux, Godet, Warnery, Carrara, et de Mlle de Chambrier ? Le nom que nous connaissons le mieux, dans cette liste, ce serait encore celui de Carrara, mais pour des raisons qui n'ont rien de poétique. Croyez-vous que M. Charles Fuster mérite deux mentions, quand la place est si avarement mesurée ? Une seule eût peut-être suffi, pour actif que soit, en effet, ce poète.

Voilà déjà, certes, bien des scrupules d'exactitude : cependant, là où il faut louer le plus hautement M. Chantavoine de la sûreté de sa méthode, c'est sur le propos des poètes universitaires. Si, par un heureux hasard, toute notre littérature disparaissait pour ne survivre que dans son œuvre, les futurs apprentis bacheliers apprendraient du moins, au grand profit du respect dû aux maîtres, que l'Université française de 1880 à 1900 fut la grande pépinière des poètes illustres. Je goûte Plessis, Le Braz et Le Goffic, et il serait absurde de condamner un auteur parce qu'il a ses grades, autant, ou presque autant, que de le priser pour le même motif. Mais vraiment MM. Angellier, Gauthiez, Bernès, Nebout, Téry, Rouger (non, je n'invente rien !) eussent-ils exigé d'une bonne camaraderie l'honneur insigne de côtoyer dans ces pages M. Hollande ou M. Carrara ?

Il est des âmes soupçonneuses. A voir ces gentillesses de l'esprit de corps, ne soupçonnera-t-on pas M. Chantavoine d'avoir obéi à des raisons un peu éloignées des raisons critiques ? Ainsi, la flatterie même sera maladroite. M. Leygues pensera à son portefeuille de ministre, M. Couyba à son écharpe de député, M. Ernest Dupuy à son pouvoir d'inspecteur général, M. Rivoire à son secrétariat de la *Revue de Paris*, et ils n'accepteront pas un encens qui ne leur semblera point assez pur. Et peut-être que M. Daur (de la *Revue des poètes*), qui eût conçu un légitime orgueil de voir préférer son périodique à la *Revue Blanche*, à la première *Vogue* ou aux *Entretiens*, négligés par M. Chantavoine, cherchera aussi un motif de librairie à cette distinction un peu exagérée.

M. Chantavoine goûte, comme le philosophe Azaïs, le système des compensations. Et dans le palmarès qu'il a dressé par habitude, les omissions sont aussi choquantes que les nominations elles-mêmes. On rétablit l'équilibre par où l'on peut.

Je ne me chargerais point de ce chapitre, et j'en ai donné, tout-à-l'heure, de fortes raisons. Mais pour ceux qui voudraient l'écrire, il me semble qu'ils devraient s'y prendre d'autre sorte. M. Chantavoine a noté l'importance des « revues de jeunes », moins le mot qu'il n'a pas employé. Pourquoi omet-il *Lutèce, Le Décadent*, les *Ecrits pour l'Art, La Pléiade*, qui précéda le *Mercure*, et parut en même temps que *La Plume*, la *Revue blanche*, la première *Vogue* (avec Adam, Kahn, Moréas), la *Revue indépendante* et les *Entretiens politiques et litté-*

raires, qui commencèrent la réputation de Viélé-Griffin et de Henri de Régnier? J'admets les classifications pour le didactisme. Que pensez-vous d'un ordre qui range Viélé-Griffin parmi les poètes étrangers et laisse Jean Moréas à côté de Laurent Tailhade, ou sépare Jammes de Guérin?

Il y eut, voici quinze ans, une extraordinaire poussée dont rien ne saurait dépeindre l'intense enthousiasme. M. Chantavoine ne l'a point vue. Il était occupé ailleurs. Quelques noms tombent du bout de ses lèvres. Peut-on cependant passer, comme il l'a fait, le nom même de l'École romane, et Raymond de la Tailhède et Ernest Raynaud? Si le titre *d'instrumentiste* l'a effrayé, avait-il le droit d'omettre René Ghil? Edouard Dubus, Adolphe Retté, ne valent-ils pas nos universitaires? M. Mendès l'eût renseigné sur Ephraïm Mikhaël. Et, parce que Paul-Redonnel dirige cette revue, je ne me priverai point de dire que son nom manque dans cette liste trop sommaire et trop partiale : car il n'a pas seulement écrit de beaux vers, il a encore servi de point de ralliement, il a agi dans cette campagne de décentralisation littéraire dont M. Chantavoine semble se préoccuper.

J'admets Jammes et Guérin : mais pourquoi pas Emmanuel Signoret? pourquoi pas Henry Bataille? Han Ryner n'aime pas les naturistes. Mais quoi ! M. Chantavoine n'est pas Han Ryner : il ne s'agit point de préférences personnelles : il s'agit de noter des influences. M. Van Hamel, professeur à Groningue, entretenait, il y a cinq ans, me dit-il, ses auditeurs du mouvement naturiste. Que M. Chantavoine retienne cet exemple d'un collègue et cite, à une prochaine édition, au moins Saint-Georges de Bouhélier. Il est vrai qu'il a nommé l'*Effort* et Maurice Magre, et qu'il a très bien fait. Cela prouve qu'il n'écarte pas de parti-pris tous ceux qui ont du talent. Il n'écarte que ceux qu'il ne connaît pas. Il connaissait Magre pour avoir rendu compte de son livre. Ainsi, un bon poète aura figuré aux dernières lignes du chapitre.

J'ai été décidément trop sévère. M. Chantavoine n'a eu d'autre tort que de traiter un sujet qu'il ignorait, je le disais en débutant. Je me suis laissé emporter, quand la vérité était là. Il a mis là-dedans toutes ses notes et quelques souvenirs d'agréables relations. J'ai eu bien tort de m'échauffer la bile. Mais aussi je n'aurais jamais eu l'audace d'écrire un article sur M. Chantavoine. Maintenant, je pourrais très bien en écrire un sur sa méthode critique et la sûreté de ses informations.

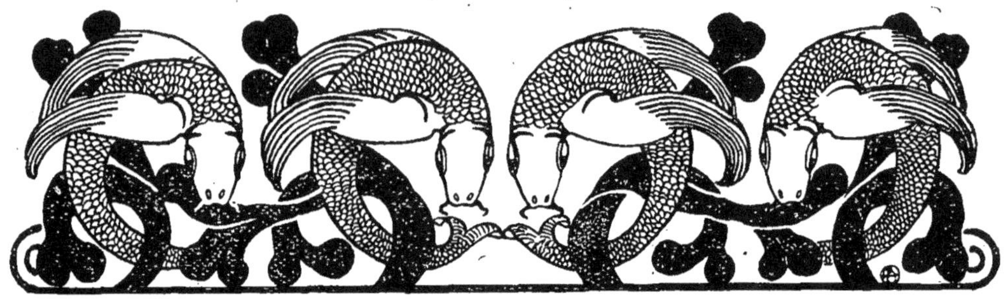

Les Controverses
d'Alpha et d'Omega

Mon cher 'Αλφα,

10 Décembre 1900

d'OMEGA

à ALPHA

Les Combats singuliers.

DEUX « rôdeurs » ont un vieux compte à régler. Une fois déjà, les agents empêchèrent un combat voulu des deux adversaires. Ces jours-ci, nos hommes se rencontrent, se défient comme des héros d'Homère et, devant cent témoins de leur monde, reprennent la bataille interrompue. Les couteaux se lèvent et se baissent ; le sang coule. L'un est touché au bras, l'autre est touché à la tête. Un duel entre braves gens ne s'arrête pas pour si peu. Furieux de sa blessure, joyeux de la blessure de l'autre, chacun se précipite vers les nouveaux coups à donner et à recevoir. Allons bon ! cette fois-ci encore !... un agent !... On se rue sur le gêneur, on le jette à terre hors d'état de nuire pour quelques jours... Un second sergot survient et, sous les coups, il pousse de tels cris que les gardiens de la paix accourent en nombre. Nos duellistes ne sont pas des lâches : ils continuent contre l'autorité le combat inégal... Il ne fallut pas moins de huit hommes pour réduire l'un des héros, « le nommé » Alfred Demange.

Maître Demange et son copain m'apparaissent autrement braves que les journalistes et les mondains qui vont se saluer de l'épée à la Grande-Jatte. Enumérons, — veux-tu ? — quelques-unes de leurs supériorités :

1º Leurs armes n'étaient pas phéniquées, pouvaient réellement faire du mal ; au contraire, l'antisepsie a conquis « le terrain » plus encore que les hôpitaux et un flambage préalable transforme les épées en délicats instruments de je ne sais quelle chirurgie bénigne. (Je note, pour mémoire, que la grande mode est de saigner au bras, comme dans l'ancienne médecine).

2º Blessés tous les deux, les adversaires ne se tapirent derrière l'avis d'aucun docteur pour arrêter le combat, mais bravement, furieusement, crânement, ils continuèrent la lutte dangereuse.

3° Quand l'autorité intervient, je ne trouve plus de termes pour dire la différence entre leur bravoure tenace et la lâcheté des gens du monde devant le moindre uniforme.

Ce combat sérieux met dans tout son jour le ridicule du pauvre duel-parade entouré de tant de précautions lâches. Journalistes et mondains veulent paraître et non être. Comme des négociants affichent la probité, ils affichent le courage : mais ils marchandent et payent leur publicité le moins cher possible. A l'épée, on obtient des rabais énormes ; au pistolet, ça ne coûte plus rien.

Ω

15 Décembre 1900

d'ALPHA

à OMEGA

EST-CE une épreuve inquisitoriale à laquelle tu veux soumettre mes goûts et mon dégoût ? Car je t'avertis, mon cher Ωμέγα, j'ai une haine çarabinée contre la crapule. Pour te faire une idée de la virulence de cet exquis sentiment, sache que j'ai pour le contrebalancer mon mépris à l'égard de la basse pègre journalistique. Ton exemple me gêne donc beaucoup. Il me gêne d'autant plus qu'il vaut ; seulement, je te vois dans la situation d'un artiste qui attendrait un jugement intègre et impartial sur la Beauté, en montrant une statue qui aurait des cors aux pieds et des excroissances aux joues.

La Lâcheté : le cerf fuit devant les chiens qui le traquent! les voyous se mettent douze pour assommer un noctambule. Mais le cerf réduit éventre quelques chiens avant de mourir; mais les voyous se donnent du cœur en se saoûlant; ils sont *cordialisés* par l'ivresse avant de l'être par la vue du sang. Tu sais bien, Ωμέγα, que la vue du sang stimule tout combattant, homme ou bête, quand elle ne le fait pas défaillir. Et qu'est-ce que cela prouve? Ni la bravoure, ni la lâcheté, dans tous les cas.

Prenons celui qui t'occupe. Pourquoi parles-tu de galerie si tu veux affirmer que c'est pour elle que les journalistes vont sur le terrain, d'où ta conclusion : qu'ils sont lâches. Mais elles avaient aussi *leur galerie,* les deux crapules qui ont joué du couteau ! Quant à la soumission des uns au tricorne et à la révolte des autres contre les sergots, c'est un détail dont nous trouverions la raison dans l'éducation des premiers et dans l'ivresse des seconds.

Cependant de grâce, ne concluons point; et, comme les définitions sont libres, je te salue ; mais ne recommence pas.

A

par Gabriel Tallet

10 Décembre 1900

UN fait domine toute la politique intérieure de ces quinze derniers jours ; c'est la consolidation du ministère de défense républicaine que nos honorables acceptent décidément comme le bloc de la Révolution si cher à Clémenceau. Ni les interpellations tracassières de la droite, ni les questions indiscrètes d'un « *centre* » inconsolable, ni la rhétorique brillante de certains jacobins n'ont pu entamer l'agrégat multicolore auquel M. Millerand apporta la contribution de la Montagne et MM. Monis et Decrais celle... de la Gironde. Le ministère est victorieux même lorsque M. Vigné d'Octon tend à la Chambre ce précieux appât de la Commission d'enquête où l'on vit mordre si souvent *sa fringale* de vertu. Quant aux terre-neuve ils continuent à faire leur devoir, tout leur devoir. « Renaudot sera docile ou Renaudot sera privé de sa pension » : Quel dommage, M. Aynard, quand on flirte avec la droite, d'être ainsi l'obligé de la gauche !

Mais le ministère ne fait que coucher sur ses positions : c'est déjà beaucoup, ce n'est pas assez. Les amis de M. Méline, embusqués à la lisière des biens de main-morte, attendent au passage le char de l'État et les mamelucks de la majorité. C'est là qu'ils espèrent voir se débander des troupes déjà fatiguées par dix-huit mois de marche en terrain découvert. Le ministère fera-t-il face au danger ? S'enfoncera-t-il, à la Morès, dans cet inconnu plein de surprises ? Aura-t-il le courage de mourir sur ce champ de bataille ? Il faut l'espérer sans en être sûr outre mesure. Cette mort pourtant serait plus glorieuse qu'une autre et puisqu'il faut « *sauter* » un jour, mieux vaut « *sauter* » encore avec un beau geste. Il serait regrettable, en tout cas, de voir M. Waldeck-Rousseau, mieux armé qu'un légiste, reculer où des ministres de l'ancien régime et des rois canonisés allèrent de l'avant, sans appréhension ni faiblesse.

En attendant la bataille, le budget sollicite toute l'attention des députés. Le tapis parlementaire est tout trempé d'une pluie d'amendements qui consacrent le triomphe du scrutin d'arrondissement et de la politique de sous-préfecture. N'importe ! on travaille à confectionner le budget de 1901 avec un zèle dont l'industrie parisienne peut seule donner une idée et l'on offrira aux contribuables pour leurs étrennes, sous forme de note à payer, un joli bijou de comptabilité nationale.

Dans les loisirs de l'après-midi, la Chambre « *s'occupe* » encore, comme la ménagère alerte qui trouve toujours chez elle une chaussette à repriser.

M. Vaillant vient, d'un tour de main, d'opérer la rafle des poisons qui encombrent les boutiques d'une redoutable corporation. Le zinc de ses représentants va être lavé à grande eau par les soins de l'administration. On pourra continuer à tuer à Belleville, mais ce sera avec de l'absinthe estampillée et pour laquelle on aura fait au préalable un petit million de réclame.

La quinzaine compte encore quelques nouvelles recrues à l'usage des deux assemblées : ce sont des recrues plutôt rouges que l'Intérieur a enregistrées par téléphone avec une satisfaction marquée. M. Louis Martin viendra siéger, comme radical-socialiste, à la place que M. Ernest Roche réservait à M. Grébauval. M. Giresse, candidat agricole mais républicain sans compromission — un de mes compatriotes, s'il vous plaît — viendra, à côté de M. Chaumié — un autre compatriote — compléter le nombre des jurés de la Haute-Cour et faire au Sénat la connaissance de M. Viger qui fut si souvent ministre ! Enfin, le Pas-de-Calais qui a battu un ultra-modéré avec un libéral a déjà remis sur son siège M. Graux, décédé. La chanson reste la même et le refrain n'est guère changé. Au nord comme au sud, à Saint-Pol comme à Toulon, c'est la République qui triomphe ; la province n'est pas entamée par le nationalisme et c'est pourquoi, disent les malins, la sonnette de M. Deschanel est devenue subitement sourde : ce serait sa façon de prendre le deuil !

La France, en Europe, joue toujours le rôle que lui prêtent, chaque matin, l'imagination de mon concierge et la science diplomatique de mon chapelier. D'une manière générale les gens qui ne savent rien con-- tinuent à la trouver plus humiliée qu'après Sedan et moins grande qu'en 1789.

La vérité c'est que la France n'est ni slave, ni anglo-saxonne, mais latine, qu'elle vit encore trop de sentiment, mais qu'elle vit tout de même, par la seule fécondité de sa riche nature ; la vérité c'est qu'elle ne va pas plus mal qu'avant, et qu'elle se porte aussi bien que le Tzar par exemple.

Car le Tzar va mieux, paraît-il ; assez bien pour envoyer à Krüger une dépêche qui ne peut pas nous faire de peine, mais pas assez pour recevoir le pauvre président sans présidence, et donner à la Conférence de La Haye la sanction qu'elle attend.

Guillaume, d'une inconséquence logique et logicien jusque dans ses inconséquences, reste immobile sous sa tunique et impassible devant les larmes du vieillard. C'était prévu. M. Delcassé serait trop grandi s'il voyait Guillaume accueillir le voyageur de l'hôtel Scribe. Il y a bien la dépêche, la fameuse dépêche ! mais où sont les neiges d'antan !

L'Europe laisse dire Krüger et n'en pense pas moins. A l'heure actuelle chaque puissance a trop d'intérêts engagés dans le monde pour interrompre la digestion du lion britannique ; on fait son empire colonial comme on peut, de bribes et de morceaux et pour les coudre ensemble il n'est pas mauvais de s'assurer la neutralité de l'empire qui occupe les défilés de toutes les montagnes et les avenues de toutes les mers. La question est entendue : les anglais ont forcé toutes les nations à proclamer leur égoïsme ou à se contredire !

Effrayant dilemme quand on est généreux comme la France et épris de justice comme le Français ! Que faire alors ? Pallier par de la rhétorique l'impression désastreuse laissée par des demi-business- men. Et c'est justement ce que nous sommes en train de faire pendant que nos soldats aident le général de Waldersee à préparer le partage de la Chine.

Consolations
à Des Grieux

par

R. Sainte-Marie

.....Le petit chevalier tourna vers l'abbé un regard chargé de pluie. Et l'abbé Prévost se mit à dire :

« Conseiller un amoureux est chose vaine. Allez donc à celui qu'em-
« porte un courant indiquer les gestes de natation. »

Mais quand il eut ainsi parlé il ne retomba point dans le silence.

« Vous trouveriez banale une consolation de ce genre : Il faut
« souffrir; nous ne sommes sur la terre que pour souffrir; chacun doit
« porter sa croix ici-bas. Et pourtant c'est la seule possible parce qu'elle
« est la vérité. Car, essayez un peu d'approfondir cette parole.

« Les sages Kabbalistes des temps Judaïques et la doctrine des
« Evangiles sont d'accord sur ce point qu'au grand jour du jugement,
« tous ne feront qu'un, comme un grand organisme humain, l'huma-
« nité devenue l'homme, l'Adam nouveau, dont nous serons les par-
« celles, et dont la Parole Divine fera l'âme. Et, pour atteindre une
« cohésion si parfaite, la voie nous est indiquée : aimer son prochain
« comme soi-même et aimer Dieu par dessus tout.

« La Doctrine du Christ, la Grande Initiation, est en quelque sorte
« renfermée dans le mot d'Amour. La chose est simple, en théorie
« j'entends : il faut apprendre l'Amour.

« Or, souvenez-vous que toute chose à apprendre est une souffrance.
« Vous avez souffert en apprenant à lire. Vous souffrirez aussi en
« apprenant à aimer.

« On nous a donc divisé cet énorme travail d'aimer tout le monde.
« Votre esprit a déjà, depuis combien de milliers d'années, appris à
« s'aimer lui-même. Il connaît l'égoïsme. Il faut maintenant qu'il le trans-
« forme. Et la Providence agit en chaque époque de votre vie, comme
« le faisait jadis votre précepteur, vous traçant les devoirs de la journée.

« C'est la femme qui doit vous enseigner. Et son devoir, qu'elle
« remplit inconsciemment, est de vous faire souffrir, puisque ce vous
« est la seule façon d'apprendre. Le jour où vous aurez su vaincre la
« souffrance, en la supportant de bon gré, vous aurez de nouvelles ins-
« tructions à tirer d'Elle : à connaître, par son exemple, ce que sont la
« douceur, la résignation et le sacrifice.

« Voyez d'ailleurs que c'est vous seul qui rendez l'Amour doulou-
« reux en n'acceptant point cette lutte contre votre Moi. Ou, quand le
« Moi paraît céder, quand l'homme est amoureux, c'est pure hypocrisie.

« Par un effort désespéré, votre égoïsme cherche à s'étendre, à absor-
« ber en lui deux êtres : faire de l'égoïsme à deux, n'est-ce point le but
« des amants : c'est de là que sort la jalousie.

« Nous attachons aussi à notre action une telle importance que notre
« souffrance nous semble un crime contre l'Univers. Nous sommes
« pourtant si peu de choses qu'une juste considération de notre petitesse
« nous devrait ramener à de plus sages idées.

« C'est très long à apprendre, consolez-vous en le répétant. Vous
« aimerez longtemps avec douleur. Et aussi longtemps que vous igno-
« rerez l'Amour, aussi, longtemps on vous le donnera à apprendre.

« Et voici le procédé : l'homme rencontre une femme quelconque :
« par hasard, dirai-je, si je vous préviens que le hasard n'est que l'aspect
« humain des actes providentiels. Il l'aime. Il souffre. Il avance un peu,
« un tout petit peu dans la science de l'amour. Et c'est fini. Les deux
« êtres se séparent : tels deux voyageurs se sont rencontrés sur une
« route, qui se quitteront au premier carrefour. Chacun va de son côté
« continuer la série de ses expériences.

« Mais aujourd'hui, vis dans le présent ô jeune homme. Accepte
« d'apprendre. Ne montre jamais à ta maîtresse (oh ! l'ambiguité exquise
« de ce terme), la moindre brutalité. Considère que tu apprends l'A de
« cet alphabet aux milliards de lettres. Accepte tout. Cet amour actuel,
« qui ne souffre point de partage, est mortel. On n'est pas fait pour
« s'aimer toujours ainsi. Après Celle-ci viendra pour toi une Autre, et
« sinon en cette vie, du moins dans l'infinité de temps qui s'ouvre
« devant nous, un successeur viendra chez elle prendre ta place. Jusqu'à
« ce qu'il n'y ait plus ni hommes ni femmes, mais que tous soient comme
« les anges qui sont dans le ciel.

« Aujourd'hui ne pense point à tout cela. Donne ton cœur tout
« entier, aime de toutes façons ; le péché de chair, il faut même que
« tu l'apprennes. Ainsi connaîtras-tu plus tard pitié, douceur, sacrifice
« et Amour. »

Ici Des Grieux se leva, serrant son épée contre sa cuisse, disant : « Je
crois savoir où Manon se rend quand vient cette heure ».

Et le bon abbé perdu dans ce prêche d'un mysticisme peu ecclésias-
tique, continuait ainsi en une prosopopée :

« O petites amies, pourquoi n'ai-je point toujours ainsi vécu ?
« Pourquoi, de mes actes, de mes paroles, vous ai-je trop souvent fait
« éprouver la brutalité égoïste du Mâle. Si votre rôle fut de m'enseigner,
« pardonnez à mon ignorance, et qu'en l'éternité de vie qui m'est donnée,
« votre exemple me soit désormais chéri. »

La Foule
et la Beauté

par

M.-C.-Poinsot

et

A. Mérodack-Jeaneau

L'ART doit-il descendre dans la rue ? Y a-t-il une aristocratie en art ?

Depuis que Danton s'est écrié : « après le pain, l'éducation est le premier besoin du peuple » on a jeté en pâture à ce peuple la Science et la Beauté. Nous négligerons les conséquences des lois scolaires pour nous attarder simplement à la vulgarisation artistique commencée depuis une dizaine d'années.

Et d'abord, le peuple est-il préparé à comprendre le mouvement artistique dont on veut l'enivrer après l'avoir tant bien que mal initié au mouvement scientifique ? et à côté de la redoutable demi-science et du réalisme sentimental engendrés par ce mouvement scientifique, ne peut-on craindre de rendre la Beauté vulgaire en la vulgarisant ?

« Le peuple, et lui seul, comprend l'art ! » s'écria M. Mendès qui fit des conférences dites populaires où on l'écoutait pour cinquante centimes... Aussi bien était-ce de sa part une attitude à notre époque où il sied à chacun d'avoir une attitude... Nous savons qu'un certain Jean Pascal, longtemps et en vain, chercha des locaux pour éduquer, lui aussi, et *gratuitement*, le peuple, ce qui était vraiment d'un philanthrope. Que voulez-vous ? M. Mendès ayant plus de flair et de connaissances réussit où Pascal échoua. Ce sont là banales aventures dans le monde de ceux qu'on nomme des penseurs.

Pourtant, question de finances à part, M. Mendès avait un peu raison. Un homme inculte peut « pénétrer » l'art pourvu qu'il ait une âme naturellement noble, ou élevée par la souffrance, ou portée d'elle-même vers l'idéal. Nous savons, parmi tant d'autres, une jeune femme ignorante, habituée aux seules chromos de la rue de Rivoli, qui, la première fois qu'on la mena au Louvre, alla droit vers une Vierge de Mantegna ; et elle fut immédiatement conquise à la Beauté par l'intensité d'expression de cette œuvre : c'est qu'une enfance douloureuse l'avait initiée à l'émotion esthétique. Plus d'un paysan vibre aussi devant la nature

familière et sait indiquer aux peintres de passage les plus beaux sites de
son pays. En revanche, combien de bourgeois bacheliers ne « voient » pas,
ne sentent rien ?... Hors donc de toute instruction, les belles âmes
sympathisent avec les belles choses.

D'autres exemples abondent. On recrute en Allemagne maints
musiciens instinctifs qui donnent d'excellents concerts. En France,
M. Pottecher trouva pour son « Théâtre du Peuple » d'assez bons acteurs
dans les classes ouvrières. Et de quel enseignement surtout est le
Moyen-Age ! Alors, de modestes maçons anonymes firent surgir la
floraison magique des cathédrales. On ne négligeait aucun détail
d'architecture. On fabriquait des jouets extrêmement ouvrés. On
introduisait l'art dans la famille. La Foi guidait le Monde. Hélas !
un plus mauvais berger le mène aujourd'hui : l'amour de l'argent.
Toute l'explication est là. Et ce sont des plagiats maladroits, des
falsifications honteuses, de l'utilitarisme à outrance ; le bon marché
subjuguant le bon goût, les jouets fabriqués à vil prix et importés
d'Outre-Rhin, les adorables coiffes provinciales remplacées par de
burlesques chapeaux à plumes, les costumes pittoresques délaissés pour
toujours, les jeux de massacre enfin, caricatures abominables en ces
fêtes foraines qui symbolisent le formidable clinquant.

Où sont la naïveté sincère et le constant souci d'art de nos ancêtres ?

A vrai dire, on le voit, c'est une renaissance et non une création
qu'on a tentée. Voyons comment on essaya d'orner la vie des petites
gens, de fleurir le chemin de leur atelier, de leur mettre, avec du rêve
dans l'âme, du baume au cœur.

Le moyen le plus simple semble d'attirer leurs regards, dans la rue
par l'affiche, chez eux par le souvenir d'œuvres célèbres.

Les débuts de l'affiche furent intéressants. On illustra les murs
des fresques de Puvis de Chavannes. Le peuple ne comprit pas,
et rit. Chéret fut plus heureux. Mais, bien qu'on lui doive de
bonnes choses, son succès ne tient-il pas à l'affriolance des lèvres
rouges et des formes canailles de ses Parisiennes ? Les pasticheurs
tôt surgirent. Les commerçants voulurent un puissant moyen
de réclame : l'affiche s'érotisa et le seul souci de la publicité
« préoccupa » ; et quand les marchands virent qu'elle devenait propriété
artistique, ils déshonorèrent de plaques américaines les plus beaux sites
de France. Que devenait en tout ceci l'espoir d'élever haut l'âme de la
foule ?

On vit alors des choses grotesques ou ignobles. Un marchand de la
rue Racine, et d'autres boutiquiers d'estampes, sous le couvert du

nom d'un bon artiste, vendirent du simili-art pour chambres de sous-offs. Des snobs, des étudiants collectionnèrent les affiches pseudo-artistiques et les firent déborder sur les cloisons trop étroites de leur chambre — oubliant, les uns, ne sachant, les autres, qu'elles doivent trancher en couleurs éclatantes sur de hautes murailles dans la griseur de l'atmosphère citadine. —

D'autre part, l'affiche servit à la littérature et se galvauda autant qu'elle. On y relatait des faits-divers. Celle où coulait le plus de sang, où grimaçaient les pires écumeurs de la société, où surtout se dégradaient en basses besognes les gens « de la haute » raccrocha les contemplations complaisantes du public affamé d'art dépravé autant que de littérature scandaleuse. Les feuilletons ainsi lancés se lurent avidement. Les Pierre Ninous et les Dubut de Laforest triomphèrent, trônant plus tard jusqu'en des journaux dits littéraires. Les brochures dégoûtantes nous envahirent. La Belgique nous aida dans cette œuvre malsaine. En plein boulevard, au temps de la grande Exposition, de révoltantes insanités s'étalèrent aux kiosques. Les cartes postales, même pas transparentes et décorées de sujets lubriques se mirent à pleuvoir. Les forains tombèrent plus bas dans la grossièreté et attirèrent les grisettes à leurs grosses loupes derrière lesquelles on peinturlurait de vagues sujets érotiques. Et quand l'art traîné dans le ruisseau ne fit plus assez d'effet, n'étant pas assez *in naturalibus*, on photographia des filles de joie, dans des collections livresques (*) pour mieux faire tressaillir les moëlles de nos contemporains.

Donc, pas d'illusions. La vulgarisation artistique a très vite abouti au mercantilisme abject, tare des sociétés modernes. Disons plus : le peuple n'est point prêt. Il lui a manqué, il lui manque toujours l'excellence morale.

Quand on aura forgé de belles âmes, on pourra songer à enchâsser du rêve.

Nous croyons davantage à la propagande oratoire. Encore est-il à remarquer que l'auditoire prétendu populaire est ordinairement moins ouvrier que semi-bourgeois, et qu'il se compose presque exclusivement de femmes. D'ailleurs les attractions intellectuelles, en thèse générale, ont un public féminin. Où sont donc les hommes, le soir et les jours fériés ? Allez au café. Ceci est un indice : l'initiation se fera par la femme.

A côté de l'affiche vulgarisatrice, il y eut *le chromo* vulgarisateur. Voilà quelque dix ans, un certain Belon, ouvrier de la maison Goupil et Valadon, obtint de ceux-ci les laisser-pour-compte des reproductions

(*) Les *Lotus*, les *Nymphéas* et autres.

défràichies des maîtres, et les collectionna dans le dessein d'en orner des calendriers par lesquels il espérait donner ainsi au peuple le goût des belles œuvres. Il n'en vendit point. Les éditeurs, plus malins, remplacèrent les Raphaël et les Vinci par Detaille et gagnèrent un demi-million... Le même Belon conçut la non moins bonne idée de composer un calendrier historique avec les chefs-d'œuvre *ad hoc* de la peinture française, et l'exposa de nouveau à ses patrons, qui, génialement, séance tenante, s'en emparèrent en lui répondant qu'ils avaient commencé avec Detaille et Neuville la réalisation de ce projet. Ainsi fut étouffé deux fois le très beau rêve d'un simple.

A l'exemple de l'Italie qui, par besoin d'argent, vulgarisa les trésors de ses musées, nous vulgarisâmes les nôtres. Mais quels trésors ? Plutôt certes des Bouguereau que nos admirables primitifs. A l'école, on fit des bons points sur lesquels grimaçaient les tableaux défigurés des maîtres. Nous connaissons une institutrice qui, révoltée, eut le bon esprit de refuser de s'en servir. Brochant sur le tout, un grand libraire, dans son indigeste almanach, parmi un ramas de connaissances superficielles, condensa nos galeries en des images déshonorantes pour les pauvres grands artistes.

Voilà les excès et les dangers de la vulgarisation artistique. Elle peut, elle doit se faire. Mais ce sera par la femme, plus sensible, plus assimilatrice, plus évolutive. Ce sera en résultante d'une amélioration des âmes, car tout progrès d'art dérive d'un progrès moral. Ce sera par l'enfant. Mais il faut lui inculquer le bon goût, lui mettre entre les mains, au lieu d'abécédaires ou des cahiers sottement imagés, des livres au décor artistique et sobre (*) accrocher aux murs de son école quelques très belles gravures comme l'a tant prêché M. Paul Milliet : en un mot, constamment faire pressentir à l'enfant la vraie Beauté...

L'art atteindra par ainsi un plus noble but. Cela vaudra mieux que de reproduire la nature ou même de traduire les pauvres rêves intérieurs. L'Art deviendra humanitaire. Il s'élèvera plus haut, planera au-dessus des hommes, et dans le beau geste de la *Marseillaise* de Rude montrera aux foules de meilleurs avenirs.

(*) Nous croyons devoir affirmer que M. Alexis Mérodack-Jeaneau prépare un album d'images, qui sera exclusivement réservé aux enfants.

N.D.L.D.

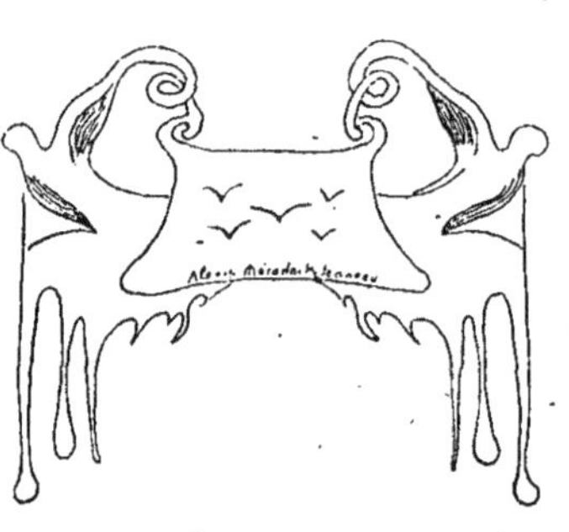

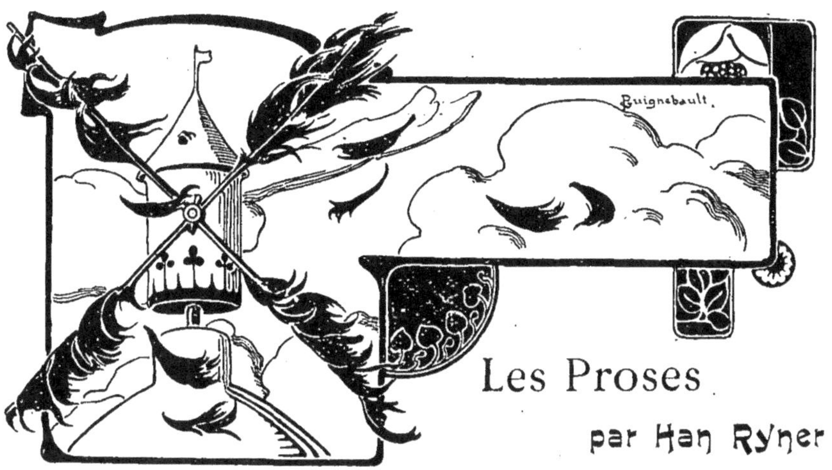

Les Proses

par Han Ryner

Un Gentilhomme de lettres au XVIIe siècle: Honorat de Bueil, seigneur de Racan, par LOUIS ARNOULD.

(Librairie Armand Colin).

LES XVIe, XVIIe et XVIIIe siècles forment le cycle de notre littérature philosophique. Le XIXe commence peut-être le cycle de la littérature historique. Le romantisme plonge dans les couleurs et les agitations de la vie passée avec la même ivresse que la *Pléiade* dans les livres et les lieux communs antiques. L'école de Malherbe est déjà un Parnasse qui retranche et assagit. Dans le roman, les imaginations passionnées de Georges Sand répondent, à travers deux siècles, aux tendres rêveries d'Honoré d'Urfé, et le naturalisme de Flaubert et de Zola répète la réaction réaliste de Sorel et de Scarron. Il serait hasardeux, certes, de pousser loin la comparaison, et, pour rendre les époques symétriques, on déformerait le détail; mais, plusieurs appellent l'espérance une vertu et ceux-là trouveront le recommencement assez manifeste pour attendre un XVIIe siècle historique. Michelet en serait le précurseur comme Montaigne fut le héraut de la belle période psychologique, et demain nous donnera peut-être le Descartes de l'histoire.

Les Parnassiens, gens d'effort et d'application patiente sont peu sympathiques à la postérité : elle ne trouve pas assez faciles les vers qu'ils font si difficilement. On préfère la fougue du torrent romantique ou la classique majesté du fleuve élargi. Perdu entre la vision passionnante et le noble spectacle, le chapelet des petits bassins régulateurs arrête peu le regard. La sévérité rectiligne du Parnassien donne une impression de contrainte et son mépris pour le romantique, nature si visiblement supérieure, le fait paraître un cuistre étroit peu séduisant à fréquenter. On connaît l'influence de l'école; sauf de très rares fragments, on ignore bientôt l'œuvre personnelle de chaque disciple et presque celle du maître. Je m'attriste à la pensée que Leconte de Lisle deviendra, comme Malherbe, un nom austère et antipathique, soutenu de peu de souvenirs précis; je songe, mélancolique, aux destinées de François de Maynard et de José-Maria de Heredia, princes du sonnet français ; et je suis d'un regard attendri Sully-Prudhomme rejoignant Racan derrière la brume de l'oubli. Une anthologie cueillie avec goût sauverait peut-être ces habiles fabricants de petites choses, mais nous attendons encore un choix bien fait des parnassiens de 1610 ou de 1865.

Honorat de Bueil, seigneur de Racan, est la seule âme poétique égarée dans le premier Parnasse, groupe d'ouvriers probes, trop consciencieusement appliqués au martelage des syllabes et à l'ajustage des stances pour se donner le loisir de rêver. Il fut, lui, un rêveur, un amoureux du loisir, de la campagne et de l'amour : un amoureux de la vie et qui eût préféré les réalités nobles ou souriantes à leur laborieuse imitation littéraire. Mais sa nature et les événements s'unirent contre ses ambitions. On trouvait ridicules son visage et son allure ; par ses continuelles distractions il devenait le jouet de ceux qui se disaient ses amis ; il était timide ; il bégayait, et sa langue déformait les *r* et les *c*, de sorte qu'il prétendait s'appeler *Latan*. Il désirait surtout deux bonheurs : la gloire militaire et la grande passion partagée. Plus d'une fois, plein d'espoir, il partit en guerre ; toujours la destinée taquine lui refusa l'occasion de combattre. Il aima avec constance, et sa passion pour Arthénice (Catherine de Termes) dura dix années ; toujours il tomba sur des coquettes qui se jouèrent de sa naïveté. Parce qu'il ne réussissait pas à la Cour, il aima la campagne ; parce que l'amour le fuyait, il aima la famille ; parce qu'il ne pouvait être un brillant capitaine, il fut un poète. Mais tous ces pis-aller, il les embrasse avec une indolence nostalgique. Le sort lui refusa les rôles éclatants et, comme il n'était pas un caractère, il se réfugia, à demi-satisfait, dans les consolations douces. Il n'avait pas la force qui s'exaspère en révolte ou se raidit en stoïcisme ; les déceptions multipliées le conduisirent à un aimable épicurisme lassé. Son accent résigné le rend sympathique et on goûte encore ses *Stances sur la retraite*. Ces quatre-vingt-dix vers enferment en leur mélodie toute son âme et toute son histoire : ils laissent entendre ses aspirations premières et disent ses acceptations secondes. On connut longtemps d'autres jolis morceaux de ce lyrique de la douceur et de la bonhomie. Mais il lui arriva un grand malheur. Un poète vint, qui avait toutes les qualités de Racan à un degré supérieur et qui y joignait quelques mérites nouveaux ; qui aimait d'une sincérité première et spontanée, et qui, d'un accent plus pénétré, chantait comme les plus précieux des biens, ce qui n'était pour Racan que des consolations. Racan fut tué par La Fontaine.

Aujourd'hui, M. Louis Arnould, professeur à l'Université de Poitiers, essaie de faire revivre ce vieux mort. Mais un embaumeur n'est pas un thaumaturge et les professeurs ne réussissent guère les résurrèctions. M. Arnould n'a pas la faculté d'évoquer et le don de la vie : sa phrase est trop lourde, sa méthode est trop lente, son livre est trop gros. Il écrase le frêle poète sous un in-octavo de près de six cents pages. Certes, le pavé est lancé à bonne intention. M. Louis Arnould a voulu montrer « d'une façon vivante les choses vivantes » ; il s'est efforcé de suivre « Sainte-Beuve, l'incomparable *miniaturiste* des physionomies litté-raires ». Seulement sa miniature à lui est grande comme une toile de Paul Véronèse, et il disperse dans un vide immense des traits que le regard ne parvient plus à réunir.

Son livre lui a valu, outre le troisième rang de peau de lapin qui distingue les docteurs, les gros sous d'un prix académique. S'il eut seu-lement ces deux petites ambitions ridicules, je le congratule pour son double succès. S'il voulut sincèrement faire œuvre vivante et ramener de l'oubli un écrivain de second ordre qui eut des frémissements de vraie poésie, je le félicite de son intention.

L'Aventureuse, par
MATHILDE SERAO.
Traduction de Mᵐᵉ CHARLES
LAURENT.

(Ollendorff éditeur)

« Vous savez que notre situation se trouve dans *Madame Bovary* », dit l'héroïne de *L'Aventureuse* à l'heure la plus tragiquement décisive de sa destinée. Elle pourrait faire souvent de telles remarques. D'autres situations viennent de Flaubert, et aussi des procédés. Des procédés viennent de Zola, et aussi des situations : il y a par exemple, dans ce roman, un jardin anglais (shoking !) qui *veut la faute*. Et certaines pages semblent détachées, où plutôt involontairement parodiées, de quelque livre de Gabriele d'Annunzio, grand plagiaire lui-même. Déci-dément ces Italiens, depuis le vieux Nævius, sont des pillards et des imitateurs.

Mais des matériaux et mêmes des procédés de composition empruntés n'empêchent pas toujours l'œuvre de revêtir une beauté originale. Virgile, douce lumière lunaire, luit parmi des paysages tra-giques que le soleil d'Homère illumina d'abord et sa clarté onduleuse en renouvelle l'aspect. Sa faiblesse transforme en fantômes indécis les personnages nets et agissants des Grecs, mais sa mélancolie les dresse longs, frêles, aériens, dans un ciel de rêve et de larmes. Dans tous les arts, les Italiens sont coutumiers de telles victoires.

Mais supposez que Virgile ne soit pas une âme profonde et un esprit délicat : malgré tous ses efforts, l'imitation tournerait à la parodie et il ferait sans le savoir un *Homère travesti*.

Son succès immédiat n'en eût peut-être nullement été diminué :

beaucoup de parodies inconscientes sont vues des contemporains aussi favorablement que du poète. Leur ridicule ne se révèle qu'avec le temps et, leur ridicule reconnu, elles tombent dans l'oubli.

D'autres œuvres, au contraire, semblent d'abord uniquement des parodies qui, plus tard, apparaissent étrangement nobles. La beauté sérieuse de *Don Quichotte* fut longtemps méconnue ; le ridicule de *Madame Bovary* finira par frapper tous les yeux.

Madame Bovary est moins un roman réaliste qu'une parodie du romantisme, une longue raillerie de l'imagination et de la sensibilité, de la passion et du rêve, de toute la poésie. Et déjà la pensée ici est bafouée dans le personnage d'Homais, comme elle le sera tout le long de *Bouvard et Pécuchet*. Mais, parodiste des sentiments romantiques, Flaubert écrit une langue romantique, de sorte que l'avenir ne trouvera rien de plus comique chez lui que sa propre grandiloquence. Car on apercevra dans cinquante ans ce manque d'harmonie entre l'idée et la parole et dans un siècle l'œuvre incertaine né sera plus que ruines.

Don Quichotte est immortel, parce que *Don Quichotte* est le contraire de *Madame Bovary*. Le chevalier de la Triste Figure est un héros naturel et sa folie, d'origine littéraire — romantique, si vous voulez — lui cache le prosaïsme de son époque, fait de lui un admirable et poétique anachronisme. Un être sans consistance, comme Emma Bovary, comme Bouvard, comme Pécuchet, n'intéresse pas longtemps les hommes et, si l'auteur a l'air de croire que de telles absences d'âmes nient toute l'âme, il ne prouve que son propre vide intérieur. En vain son âpre volonté de beauté extérieure lui fait jeter d'amples draperies sur ces squelettes, on finira par apercevoir leur néant et que ces riches vêtements les écrasent. Flaubert a réussi et doit périr pour les mêmes raisons qui expliquent le succès et la ruine de l'épistolier Jean-Louis Guez de Balzac : leur conception n'est pas de force à porter leur phrase. Ici comme là, il y a la massue d'Hercule et la peau du lion de Némée ; mais c'est un enfant qui disparaît sous la fauve dépouille et qui s'épuise à soulever l'arme lourde. Flaubert serait une admirable parole romantique, s'il avait eu à faire passer par son « gueuloir » autre chose qu'une âme bourgeoise.

Cervantès, au contraire, héros bafoué par la vie, crée un être réel et noble, puis il le livre à l'insulte des basses réalités. Don Quichotte, hué par la tourbe ignoble des faits, apparaît comme un martyr jeté aux bêtes. Il n'en est que plus admirable. C'est quand l'âme semble vaincue par les choses que sa vraie supériorité éclate ; la couronne d'épines et le sceptre de roseau sont de merveilleuses parures pour ceux-là dont le royaume n'est pas de ce monde.

Ai-je oublié Matilde Serao et son roman ? Pas un instant. Lucie Altimare, « l'Aventureuse » héroïne du livre, est définie ainsi par l'auteur : « Au fond, un cœur froid et aride, sans une palpitation d'enthousiasme ; au dehors une imagination trompeuse qui grandissait toute sensation, qui augmentait toute impression... Au fond, un manque absolu de sentiment ; au dehors, des rêveries sur les nobles utopies humanitaires, des aspirations flottantes vers un idéal incertain ». Et on nous fait connaître longuement « l'artifice de sa personne, un artifice si naturel, si absolu, si complet, qu'il la trompait elle-même, en lui donnant une fausse sincérité ; en devenant son véritable caractère, son tempérament, son sang, ses nerfs ; en la persuadant de sa propre bonté, de sa propre vertu, de sa propre supériorité ». Le plaisant, c'est que Matilde Serao s'oublie assez souvent à croire, elle aussi, à la supériorité de Lucie Altimare, et qu'il lui arrive de la proclamer une figure « grande et haute ».

« L'Aventureuse », on le voit assez, appartient, comme beaucoup de fantoches des romans actuels, à la famille qui produisit d'abord Emma Bovary, Homais, Bouvard et Pécuchet. Seulement les personnages de Flaubert sont plus sanguins, et leur innombrable descendance, soit dans la branche italienne, soit dans la branche française, nous répète depuis trop longtemps les grimaces et les cabotinages de la névrose.

Drames et cancans du livre, par F. FERTIAULT.

(Lemerre éditeur).

Des anecdotes qui intéresseraient les bibliophiles si l'auteur ne les développait à l'excès par les procédés triomphalement neufs qui faisaient des lignes dans les feuilletons de 1830. Des narrations lentes et qui veulent être souriantes, coupées de dialogues infranchissables, nous livrent, après mille impatiences : l'histoire de Pétrarque mourant en lisant Virgile ; la douleur du même Pétrarque perdant le manuscrit unique du *De Gloria* de Cicéron ; ou l'aventure du bibliomane Boulard, riche propriétaire qui, pour faire de la place au flot envahisseur de ses livres, donna successivement congé à tous ses locataires.

Le volume contient aussi une anthologie, beaucoup trop accueillante, de *Sonnets inattendus.* Il y en a un de Sarcey, un du premier Carnot, un de Jules Barrême, le préfet assassiné. Il y en a d'attribués à Henri III, à Louis XIV, à Mlle de La Vallière. La candeur de M. Fertiault est, d'ailleurs, des plus belles qu'on connaisse. Sans la moindre hésitation ni la moindre malice, sur la seule parole de Willy donnée solennellement dans le *Chat Noir,* il adjuge à François Coppée le sonnet connu :

C'était un tout petit homard des Batignolles.

Ce qu'il y a d'intéressant dans les trois-cent-dix-huit pages de ce volume tiendrait sans peine en trente pages. Mais qui aurait la cruauté de reprocher quelque bavardage à M. Fertiaut, poète et comptable honnête, époux modèle, créé en 1814 par un décret exprès de la Providence, pour tenir soixante ans les livres d'une maison de commerce et pour versifier quatre-vingts ans en collaboration avec Mme Julie Fertiault ?

Bartek le Victorieux, par Henrick Sienkiewicz.

(Ollendorff éditeur)

Sur les cinq nouvelles contenues dans ce volume, deux, *Le gardien du phare d'Aspinwal* et *Lillian Morris,* sont la banalité même : un mélange insipide d'aventures quelconques et de sentimentalisme superficiel. *Extrait du Journal d'un précepteur* réussit presque à nous toucher, mais par des moyens si faciles, par le récit des tristesses et de la mort d'un enfant. Il en est de même de *Yanko le musicien,* qui est pourtant le meilleur morceau du livre : ici, le sentiment est plus profond et l'ironie grinçante de la dernière page pince les nerfs. Quant à la première anecdote, *Bartek le victorieux,* c'est l'aventure d'un paysan polonais qui se bat admirablement pendant la guerre de 1870 et qui s'étonne ensuite de n'être pas moins opprimé par ses frères d'armes les Prussiens. Au point de vue purement artistique, la création est puérile. Mais peut-être faut-il regarder *Bartek le victorieux* comme une chose oratoire, comme un acte de propagande populaire et presque électorale. Ainsi considérées, ces pages deviennent intéressantes comme un cri assez éloquent d'opprimé. Elles me paraissent une bonne occasion de répéter : « Vive la Pologne, monsieur ! » puisque, en l'occurence le Monsieur s'appelle Guillaume et non point Nicolas, ce qui rend l'oppresseur singulièrement plus odieux et permet de montrer sans crime quelque sympathie à l'opprimé ; — n'est-il pas vrai, Déroulède le franco-russe ?

A l'Ombre du portique,
par Louis Payen.

(*Edition de la Maison des Poètes,*
Paris).

QUAND on eut lu le poème : « Il est trop parnassien, entre nous », marmonna un vieux monsieur qui avait fréquenté chez Mallarmé. « Entre nous, un peu moderniste », susurra un autre vieux monsieur qui aimait Boileau. Mais un troisième vieux monsieur avoua qu'il avait été ému. (J'ai dit trois vieux messieurs, parce que les jeunes sont suspects de jalousie ou de camaraderie indulgente). Et cela prouve, une fois de plus, la subjectivité de la critique, et aussi qu'il est difficile de contenter tout le monde. Je pense que plusieurs ayant lu : *A l'ombre du portique,* seront de l'avis du premier vieux monsieur ; et d'autres, de l'avis du second. Je voudrais croire que certains confesseront qu'ils ont été émus, comme fit le troisième. Vous savez quel prix j'attache à l'émotion. Je voudrais le croire : je n'en suis pas assuré. M. Payen a beaucoup de talent : son œuvre est loin d'être médiocre : il connaît bien les poètes qui l'ont précédé et tire d'eux le meilleur parti qu'il soit possible. Il paraît un peu tendu, un peu monotone, (il parle en quelque endroit d'un « luth monocorde »), un peu factice, à tout prendre ; et il ne lui arrive que rarement de nous toucher.

Il faut nous expliquer sur le paganisme poétique. Le pseudonyme de l'auteur et le titre de l'ouvrage nous renseignent amplement sur la volonté païenne de ces poèmes. Je suis trop latin et trop grec pour ne pas goûter ces visions peuplées de blanches statues, et la conception forte et harmonieuse de la vie qu'un éphèbe athénien enfermait dans le serment civique. Mais c'est un commerce assez dangereux que celui de ces divinités. Ne croyez-vous point à leur existence ? Elles deviennent des machines : c'est le cas du XVIIᵉ siècle. Par un effort intense, leur donnez-vous une vie nouvelle, celle que mérite, à tout le moins, l'incarnation d'une race dans les types olympiens ? Vous risquez la froideur, le pastiche, la reconstitution. Reste d'en faire des moyens assez commodes d'exprimer des symboles, de retaper des vérités psychologiques un peu trop connues. Alors vous allez droit à l'artificiel, et vous choquez par la disparité des noms et des sentiments. Mais il faut prendre parti. Je ne sais si M. Payen s'y est bien résolument arrêté : et voilà pourquoi je disais, en riant, qu'on pouvait le juger trop parnassien et trop moderniste tour à tour. Tantôt il est froid, et tantôt il est hors de la vérité. Il a prêté bien des pensers subtils à Hercule, à Antinoüs et même à Judith, juive égarée dans ce panthéon. Il a écrit, et le vers est excellent :

Seul le désir est beau qui reste inassouvi,

mais cela date de 1780, ou de 1830, ou d'hier, et non point de la cinquantième olympiade. A vouloir être grec, il n'aurait pas fallu, sans doute, débuter par des « dialogues dans l'ombre », qui méritent bien leur titre par une furieuse obscurité. Il y a un peu de vanterie, dès lors, à écrire :

Je porte une âme antique...

Du reste, celui qui porterait une âme antique s'accommoderait très mal de notre vie, et de notre versification.

Le parnassianisme, ou, si vous voulez, la suite du Parnasse, se décèle, chez M. Payen, à d'autres traits, à la préoccupation du vers sans bavure, à la sûreté d'une forme que l'on désirerait plus hésitante parfois, au culte des épithètes, à la plastique de la vision.

« Je suis le bouffon roux de ses rêves épars... »

« La rose merveilleuse aux pompes surannées... »

Surannées est un beau mot : il est ici hors de place.

« A peine si le vol léger de sa narine... »

Cela est très vu, quoique un peu précieux. Et les seuils de marbre, blanc ou non, les vierges, les chèvres agiles, les seins durs, les ventres durs, les ventres polis, les ventres pareils à des boucliers, les reins, les crins noirs, les lys remplacent un peu trop souvent la couleur qui fait défaut. Je dois dire que les lys, surtout, m'ont un peu surpris par leur abondance. Cette ombre du portique leur est favorable. Ils y fleurissent avec ou sans épithètes, lys orgueilleux, lys blessé, lys d'amour, lys noir de l'amour, lys de deuil, lys de mon âme, lys de cuisses ; les mains

sont de pâles lys ; Jason est un lys d'argent ; la lune est comme un lys
d'argent aussi. Il y en a jusque sur les boucs. Et cela fatigue.

On le voit par ces critiques mêmes, *A l'ombre du portique* est fort
loin d'être un livre méprisable. A se débarrasser de l'influence de Henri
de Régnier, à serrer un peu sa forme, à surveiller ses nonchalances,
M. Payen gagnerait d'être un bon poète. Voici des vers que je
goûte fort :

> Unit sa voix au clair silence de l'azur...

> Et la flûte du Dieu ne nourrit plus sa peine...

> Le cytise subtil et la rouge anémone...

> Vous n'irez plus alors, le front pur couronné
> D'hyacinthe et les mains d'espoir tendre fleuries,
> Nouer la volupté des longues théories
> Autour du temple saint de Pallas Athéné.

La *Prière,* gâtée à la fin par quelque mauvais goût, est, dans toute
sa première partie, d'une tenue excellente. Et *Narcisse,* où le symbole
est développé très simplement, est une pièce achevée. Je n'ajouterais
qu'un mot : M. Payen n'est pas chaste. La chasteté n'est guère païenne,
en effet. Mais je crois que le frisson de la chair était, chez les anciens,
surtout joyeux. Lesbos, que M. Payen célèbre, a été une exception.
M. Payen a trop lu Pierre Louÿs.

Poèmes, par SERGE
RAFFALOWICH.
(Librairie Vanier)

M. Raffalowich, jeune, étranger. Cela est gênant. A critiquer un
russe qui pousse la courtoisie jusqu'à écrire des vers dans votre
langue, on s'expose à se faire répliquer : « Et vous, croyez-vous que
vous seriez brillant, en russe ? » Et la conscience de votre infériorité
vous écrase, ou vous contraint étrangement.

Il est incontestable que M. Raffalowich écrit souvent un français
assez faible. Je n'aime guère que l'on dise que la terre est une « hétère »,
ou encore : « refreins ton courroux. » Et il n'est pas malaisé, non plus,
de composer ces vers :

> Oui, je pleure, et puis après ?...

> Car les choses me causent...

(remarquez, en passant, avec quelle facilité les étrangers prennent à leur compte les locutions les plus vicieuses) ; ou bien :

> Sur son tombeau nous repassions
> Les âmes fortes,

ou :

> Des seins de neige, et des suçons
> Dans leurs glaçons,

ou encore :

> J'avais, le froid ayant agi,
> La gorge prise.

Mais tout le volume n'est pas, Dieu merci ! de cette force-là. M. Raffalowich n'a pas retenu le précepte du sage Nestor, roi et orateur des Pyliens : il n'a pas mis en tête de son ordre de bataille quelques-unes de ses meilleures troupes, et le début de son livre est franchement mauvais. Plus loin, le *Cadavre du Pape* et *Ère nouvelle* ne manquent point de grandeur ; la fin du livre est assez satisfaisante. Un conseiller avisé eût fait supprimer un tiers de ces poèmes.

En moyenne, M. Raffalowich nous apparait comme une nature délicate et fine, d'une très douce sentimentalité : il aime le muguet, le papillon et le rossignol, il fait dialoguer la fleur et l'oiseau, se plaint° de Dieu qui l'a jeté dans un siècle rebelle à la poésie. Il est très hanté par le dix-huitième siècle et madrigalise volontiers :

> Je suis ton bien, tu es mon maitre,
> Que dirais-tu du féminin ?....

> Vous adorez les arlequins,
> Les longs pierrots, les scaramouches
> Marquise, et j'aime votre mouche
> Qui prend pour moi des airs taquins...

Je pense que certains de ces poèmes se prêteront fort aisément à être mis en musique ; je suis sûr que tous plairont aux femmes ; je crois volontiers que M. Raffalowich trouvera peu de cruelles, sur notre sol.

Et il a parfois, naïvement, une grâce très réelle.

Si j'aimais la transition, en voilà une commode. M. Dréville témoigne aussi du goût le plus vif pour le dix-huitième siècle. Il est, du reste, fort délicat et fort mignard, sans trop d'affectation. Je ne dis point qu'il se pique de nouveauté : et il a, pour louer une femme, des

Au jardin de mon cœur ..... Chansons pour elles, par ALEXANDRE DRÉVILLE.
(Société d'édition, Paris).

métaphores assez connues ; mais il y met du charme. Son logis est « un humble logis de pòète », sa Mie est « une bonne enfant de Paris » et sa Berceuse, un pur délice. Vraiment, je m'explique très bien qu'on ait demandé à M. Dréville un à-propos pour le théâtre Pompadour ; et l'on n'aurait su faire un meilleur choix. Je parlerai moins longtemps dés *Chansons pour elles* (que ce pluriel sent son Louis XV ! et fi de la fidélité en amour, marquise, n'est-il pas vrai ?) Il convient de ne les juger, sans doute, qu'avec leur musique : mais enfin, elles peuvent s'en passer, ce qui est beaucoup.

Le Salon des Poètes, à
LA BODINIÈRE.

6 décembre 1900.

On a récité, l'autre jour, à la Bodinière, un certain nombre de poèmes dont plusieurs ont paru beaux, malgré la récitation un peu convenue et fatigante des artistes. Il faut louer, sans réserves, l'entreprise de MM. Digeaux, Rivet et Gaubert, hors le titre de *Salon des Poètes,* que je persiste à ne point aimer. En somme, il s'agit de mettre le public de plus en plus en contact avec la beauté poétique dont il est sevré, un peu par sa faute, beaucoup par celle des poètes. Lui et eux y gagneront. La matinée du 6 décembre n'a été que la première d'une série, et l'on doit souhaiter que cette série soit longue.

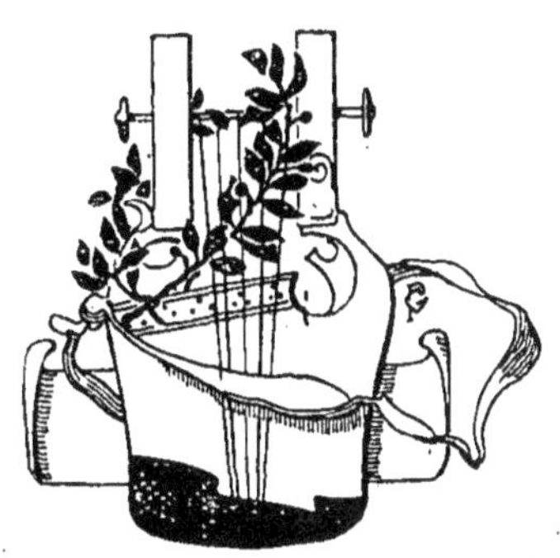

Critique Dramatique

par Albert Boissière

A propos de Mlle Suzanne Desprès.

'ENTREPRISE de M. Guitry, au théâtre de la Porte-Saint-Martin, a été une belle joie pour M. William Busnach. M. Zola n'y a récolté qu'un intérêt rétrospectif et très-mince. A quelques années de recul, le réalisme de *l'Assommoir* a paru falot, un peu chiqué, mêlé de tirades emphatiques, puérilement. Mais le spectacle était en trompe-l'œil ; la pièce était l'accessoire... C'était M. Guitry qu'on devait voir et il s'est trouvé que c'est Mlle Suzanne Desprès qu'on a vue... M. Busnach en a profité et la gloire de M. Zola n'en a point pâti.

Je n'ai pas à adresser de critiques à une entreprise périmée. Je crois simplement utile et plus intéressant, l'actualité passée, de témoigner à Mlle Suzanne Desprès mon admiration pour sa création dernière. Il était à craindre que les côtés mélo-populaires du rôle de Gervaise n'eussent, malgré tout, une répercussion *ambigüe* sur la composition du personnage... Mlle Suzanne Desprès s'en est gardée, du lever au baisser de la toile... Elle a été simplement humaine, simplement et grandement, — sans emphase, en dépit des tapées verbales de certaines tirades, — sans gaucherie, malgré les petites sentimentalités glissées dans la turbulence des dialogues... Sa simplicité fut plus émouvante qu'un vain grossissement de la voix et que l'exagération du geste, chers à quelques-uns de ses partenaires ; et ce fut elle, quoique belles et solides les qualités de M. Guitry, la véritable triomphatrice.

De son éducation première sur la scène de *l'Œuvre*, Mlle Suzanne Desprès a gardé quelque méthode : celle qui consiste à ne point marcher par enjambées « conservatrices », et à ne point dire comme en un porte-voix. Et c'est la bonne.

L'artiste qui vient de créer successivement, chez Antoine, deux rôles d'une véracité parfaite, dans *la Clairière* et dans *Poil de Carotte*, avait droit à ce succès. Nous la retrouverons, demain, boulevard de Strasbourg, dans la nouvelle pièce de M. Brieux, *les Remplaçantes*. Et nous aurons chance de nous répéter, — en affirmant, à nouveau, que Mlle Suzanne Desprès est une des plus sincères et des plus curieuses comédiennes de ce temps.

M. Abel Hermant est un habile homme. A remonter même à ses origines d'écrivain, c'est encore l'habileté qui paraît, pour sa fortune littéraire, l'adjuvant le plus précieux. Depuis le *Cavalier Miserey,* M. Hermant a fait du chemin, — en zigzags. On l'a traité, tour à tour, de romancier médiocre et de méchant auteur, de littérateur précieusement documenté et d'homme de théâtre plaisant. Et l'on a, le plus souvent dépassé la mesure, soit dans la critique, soit dans l'éloge. M. Abel Hermant a eu d'heureux jours et de mauvais instants ; il a passé les uns et les autres avec assez de bonne humeur. Dans l'un et l'autre cas, M. Hermant fut un homme uniformément habile, et la carrière de pièces diverses comme *La Meute* et *Les Transatlantiques,* le prouve surabondamment.

De là à lui trouver, tout à trac, du génie, la marge est aussi vaste qu'à le déclarer, sans ambages, au-dessous du dernier faiseur. M. Abel Hermant est l'homme des bonnes moyennes et sa nouvelle pièce du Vaudeville, *Sylvie ou la Curieuse d'amour,* un pis aller adroitement truqué. Comme documentation, il a dû se contenter de lire très superficiellement le livre des Goncourt sur les femmes du Directoire... Il a cru que « c'était arrivé » et s'est trompé de bonne foi... On ne sait jamais avec les auteurs dramatiques qui s'imaginent, après avoir découvert à la brocante une pendule empire et deux fauteuils de l'époque, ressusciter, dans ce cadre, les mœurs authentiques du temps.

Sylvie possède la curiosité d'une marionnette; et, pour avoir, en quatre étapes, en quatre bonds, en quatre actes, parcouru sur le même air de perversité ingénue, les quatres planches de son guignol restreint, Sylvie n'en est pas, pour le spectateur, plus curieuse, certes ! L'intrigue est enfantine, quoique parfois divertissante..., chosette agrandie à l'usage des grands enfants... La petite poupée d'amour semble le jouet des petites battes de petits arlequins. Ces arlequins sont cuisinés suivant le *Code de la Cuisinière bourgeoise;* ce sont les trois maris de Sylvie, — une femme pour trois maris ! — le marquis de Beauvoisin, le paysan Gagnon et le maréchal Taillefer, duc de Sapalato, — la noblesse, le peuple, l'armée... C'est charmant, c'est presque du neuf... Encore que le véritable arlequin soit, les quatre actes durant, le bel Henri, frère de lait de Sylvie, bizarrement aimé d'elle et, moralement, le seul cocu de l'histoire... Mais vous entendez bien qu'il doit prendre sa revanche au

Affiche de Steinlen

GERVAISE ET COUPEAU

baisser du rideau, et c'est la morale immorale de cette fàcheuse aventure.

Il est évident que cette prose de théâtre traduite en vers de mirliton, — hé ! pour un homme habile, ce ne serait peut-être pas une difficulté insurmontable ! — agrémentée de musique légère et relevée de ballets congruents, il en sortirait un fort supportable opéra-comique. C'est ce que n'ont pas compris, auteur et directeur. L'erreur est réparable, d'ailleurs, puisqu'on annonce déjà que Mᵐᵉ Réjane doit quitter Sylvie, avant que Sylvie ne l'abandonne.

Mᵐᵉ Réjane, cette admirable comédienne, paraît toute dépaysée dans un rôle de perruche sautillant mal, de perchoir en perchoir, suivant les ficelles de l'intrigue, — de grosses ficelles qui ont du servir de câbles aux *Transatlantiques*. M. Huguenet, lui-même, ne compose point son rôle, tout à fait, et Mᵉˡˡᵉ Darcourt semble ennuyeuse... Mais la gène et l'ennui viennent plutôt de la pièce ; et ce n'est point la faute entière des comédiens si M. Abel Hermant, à force d'habileté, a, pour une fois et à son tour, dépassé la mesure, donné prise aux critiques de ses pires ennemis et obligé ses amis à le défendre à tort, — et à travers.

Théâtre des Nouveautés

La Bonne d'enfant, de MM. ANDRÉ SYL-VANE et JEAN GAS-COGNE.

Au moins, avec *La Bonne d'enfant* de MM. André Sylvane et Jean Gascogne, il n'y a point de tricherie. C'est un vaudeville que l'on nous sert, rien qu'un vaudeville, sans prétentions à la comédie de mœurs, — ce dont je ne peux que louer les auteurs. L'hypocrisie en matière de rire est agaçante ; c'est encore un défaut de l'habileté outrancière. L'auteur de la comédie-vaudeville a la ressource de retomber sur ces pointes :

En cas de four. — J'aurais dû ne point faire de concessions à ma conception première ; et c'est d'avoir eu recours au métier bas (le métier bas, c'est le vaudeville), que vous me voyez tout meurtri...

En cas de succès. — Evidemment, la pièce marche, mais quel chiffre de représentations eussè-je atteint, si j'avais eu le courage de supprimer tout ce qui est ficelles... (ce qui est ficelles, c'est le vaudeville !)

Je ne vois guère que M. Henri Lavedan qui ne s'embarrasse point d'un de ces deux raisonnements. C'est que M. Lavedan a trouvé un biais, en substituant, à doses égales, le maillot d'une jolie fille à l'esprit de... l'académicien, et *vice versa*... M. Lavedan n'est pas plus habile que M. Hermant dont je parlais à propos de *Sylvie* au Vaudeville,... il est plus intelligent, voilà tout.

Mais c'est de MM. André Sylvane et Jean Gascogne qu'il s'agit.
Eux, ils y vont carrément, sans réticences, attrapant Labiche par les
cornes, si j'ose ainsi dire, — et, suivant les procédés courants, acrobates
du quiproquo, virtuoses du calembour, se désarticulent, gambadent, font
le grand écart et cabriolent à travers les situations les plus bouffonnes.

Ils sont aidés dans ces exercices par des interprètes, d'une fantaisie
clownesque comme M. Germain, d'une exubérance endiablée comme
M^elles^ Burty et Rosine Maurel. Seul, M. Colombey montre un peu plus
de prétention que les auteurs n'en ont voulu sûrement mettre dans son
rôle.

La pièce est gaie et gaiement jouée d'un bout à l'autre ; et c'est le
meilleur éloge qu'on puisse faire d'un vaudeville.

L'huis-clos malgré lui de M. Ernest La Jeunesse vient de paraître
chez l'éditeur Fasquelle. Ce petit acte qui eut, au Théâtre-Antoine, à
peine le temps de naître, ne paraît pas plus supportable à la lecture.
Je ne veux point dire qu'il soit meilleur ou pis qu'il n'avait paru...
Mais M. La Jeunesse, — au théâtre, — n'est pas tout à fait sûr de lui.
Il lui manque, pour y réussir, la belle assurance de M. Francis de
Croisset...

*Bibliographie drama-
tique.*

La musique
de l'avenir

par

JEAN HURÉ

U temps où Wagner luttait péniblement pour le triomphe de ses idées, les critiques d'art ses ennemis, et le public qu'il étonnait par ses hardiesses, le « gros public », appelèrent ironiquement ses œuvres lyriques, la « musique de l'avenir ».

Je pense que le génial auteur de *Parsifal* accorda peu d'attention à l'ironie assez lourde de ses adversaires, mais je sais bien que tout le cénacle Wagnérien, tous les snobs fondateurs du Wagnérisme, tous les suiveurs occupés, sous prétexte de composition musicale, à prendre au hasard des mesures de *Tristan*, à les arcbouter en y ajoutant des accidents, tous les pâles et ignorants imitateurs du grand homme se réjouirent du titre imprévu donné à ses belles œuvres et se promirent bien d'en orner leur musique.

Les snobs n'ont pas compris les drames de Wagner, pas plus qu'ils ne goûtent les oratorios de Bach, pas plus qu'ils ne sentent la clinquante pauvreté des opéras de Meyerbeer... Qu'importe, ils admirent !! et parfois fournissent des subsides pécuniaires aux concerts, aux théâtres où tant ils s'ennuient, où tant se sentent heureux beaucoup d'artistes qui ne sont pas snobs et manquent de richesses.

Donc, en soutenant, sans trop savoir pourquoi, la « musique de l'avenir », les pédants amateurs d'art ont assumé une besogne plutôt morose et coûteuse; plus gai fut le rôle des compositeurs Wagnériens : ceux-là sont généralement incapables d'écrire correctement une vieille sonate dans le style pur d'Haydn, une fugue dans le clair langage de Bach, un choral dans les vieux modes naïfs et le solennel contrepoint de Palestrina ; ils ont méprisé Rossini, parce que jamais une mélodie n'a chanté dans leurs âmes ; réduits à avoir l'air d'imiter Wagner, ils tirèrent un immense parti de l'étiquète railleuse « musique de l'avenir », petit coup de pied de l'âne, dont le Titan de Bayreuth ne fut même pas ébranlé, mais injure très propre à forger la gloire factice des producteurs d'incohérentes périodes anti-musicales, incompréhensibles disent-ils, mais pleines de génie et d'idées nouvelles, ressemblant sur ce point à la musique de Wagner. « Musique de l'avenir », elles aussi.

Et leur... musique (?) conserve par leurs soins, ce titre désormais pompeux, jusqu'au jour où elle est si bien oubliée qu'on ne l'appelle même pas musique du passé, comme ces pauvres *Huguenots* ou la malheureuse *Mignon*.

Les chefs-d'œuvre, à leur apparition, furent toujours l'art de l'avenir : car, présentant au public des idées nouvelles et des éléments inconnus, ils ne furent pas compris d'abord; et, sans trop les condamner, on assura que les esprits « n'étaient pas encore mûrs » pour des beautés si surprenantes : le public est toujours en retard ; il admire généralement ce que dix ans auparavant il haïssait, et il conspue des œuvres qu'il acclamera plus tard avec enthousiasme.

Bach fut découvert par Mozart environ deux siècles après sa mort ; on commence à accepter les dernières œuvres de Beethoven dont les symphonies furent appelées jadis, au Conservatoire, « Marches de cavalerie »; enfin Wagner triomphe aujourd'hui! oui... même au Conservatoire d'où furent chassés Bizet et M. Victorin Joncières, pour avoir admiré *Lohengrin* !

Les drames de Wagner semblent être maintenant pour le public « la musique du présent »; au fond, ces œuvres de prodigieuse beauté sont simplement la musique, sublime et éternelle, d'un maître aussi grand que Bach et plus captivant peut-être parce qu'il est plus près de nous et qu'il posséda des moyens que le vieux *cantor* d'Eisenach ignorait.

Depuis Wagner, nous vîmes éclore un immense génie, César Franck ; César Franck était très modeste : il écrivait des chefs-d'œuvre uniquement parce qu'il aimait la musique, ne cherchait point à les faire exécuter, et, en effet, on les jouait rarement. C'était un homme facile à laisser dans l'ombre où du reste il se plaisait; tenu à l'écart par le Conservatoire, sa musique, à ses rares apparitions, fut déclarée «octogone»; le mot, je crois, est de l'auteur de *Mireille*. Plus tard, Gounod assura que « si la *symphonie en ré* de Franck était de la musique, il ne savait plus, lui, ce que c'était que la musique ». — Peut-être, en effet, Ch. Gounod ne sut-il jamais complètement tout ce qu'est la musique. —

César Franck mourut : on lui avait préféré comme professeur de composition au Conservatoire, Léo Delibes (!) l'auteur de *Lakmé*; mais, comme on lui reconnaissait un certain talent d'organiste, on lui avait confié la classe d'orgue où il enseignait un art pur et élevé, suspect du reste à l'ancienne direction.

On devrait adorer à genoux la mémoire de ce maître, égal aux plus grands, qui tira si peu d'avantages d'avoir fait toute sa vie de la musique pour l'avenir.

Ch. Gounod, le Conservatoire et Cⁱᵉ n'avaient pu réussir à étouffer ces belles œuvres, si gênantes pour eux. Bientôt, les disciples du maître firent exécuter ses poëmes et drames lyriques dans les théâtres — oh ! pas à l'Opéra ! — et dans les concerts ; ce fut une révélation : celui qui venait de mourir avait du génie ! on le proclama, on l'écrivit partout, dans des revues, dans des journaux, dans des livres, et bientôt tous les jeunes compositeurs s'intitulèrent élèves de Franck : c'est une si bonne marque aujourd'hui !!... seulement depuis quelque temps il y a encombrement ; il est curieux de voir combien sont nombreux, à Paris, les élèves de Franck depuis qu'il est mort, et triste de se rappeler combien peu de leçons donnait le grand maître quand il vivait.

La musique de César Franck est très différente de celle de Wagner : elle contient plus de naïvetés charmantes ; elle a plus de sérénité dans la mélodie et une sorte de résignation douce qui rappelle un peu Schubert, avec des moyens tout autres, du reste. Ce n'est pas seulement par le sentiment que César Franck se sépare du maître que tant de gens imitent ou croient imiter : son système harmonique est différent, son chromatisme même a un tout autre aspect ; enfin son instrumentation repose sur une conception toute spéciale de l'orchestre et rappelle souvent que César Franck était organiste ; elle est d'une homogénéité parfaite ; peut-être un peu monotone.

De même qu'on reprocha à César Franck de s'être inspiré de Wagner, parce que, aujourd'hui, toute sonorité nouvelle est taxée de wagnérisme, de même on accusa le plus célèbre de ses élèves, M. Vincent d'Indy, d'avoir imité le maître de Bayreuth. A mon avis il n'en est rien, et la preuve c'est que M. d'Indy après Franck et Wagner a vu naître une troisième école d'imitation servile, qui, enlaidissant beaucoup les belles pages symphoniques de *Fervaal*, fait de la musique « difficile à comprendre » : nous sommes trop faibles encore pour sentir de telles beautés, c'est la « musique de l'avenir ! »

« Wagner est devenu trop clair, César Franck trop simple, M. d'Indy trop mélodiste ; quant à M. Saint-Saëns, c'est le maudit !... » Ils clament partout ces belles paroles, les adeptes fervents de la musique déformée ; ils laissent entendre que leurs œuvres, méprisées aujourd'hui sont appelées à remplacer dans l'admiration des peuples, celles de Bach, de Wagner et de Franck.

Ils ont comme preuve de leur génie des sophismes exquis : « Bach, Beethoven, Wagner furent incompris de leurs contemporains, leur musique parut d'abord obscure et compliquée; donc une œuvre d'art n'est belle que lorsqu'elle n'est pas comprise : or, nos symphonies ahurissent les foules et sont sifflées partout..... nos symphonies sont donc des chefs-d'œuvre, notre œuvre sera éternel comme celui de Wagner, notre musique est bien la « musique de l'avenir. »

Oui, en général, les chefs-d'œuvre furent mal accueillis par les foules, mais il faut avoir beaucoup de naïveté pour penser que toute œuvre capable d'être honnie par le public, est forcément un chef-d'œuvre.

Cette jeune école ferait tomber l'art musical en décadence si le public prévenu et très sage ne laissait ses productions agoniser lentement; un dédain tranquille et discret succède à une indignation justifiée. Mais, si peu d'attention qu'on doive accorder à ces avortons de l'Art, ils règnent encore en certains milieux; ils y ont implanté, régissant l'esthétique, une loi bizarre : la beauté, c'est l'obscurité voulue.

Cette idée étrange est contraire à la logique même, contraire aussi aux intentions de tout artiste sérieux.

Bach, Beethoven, Wagner et tous les grands incompris, concevant dans leurs cerveaux puissants, des idées nouvelles, eurent besoin de moyens d'expression encore inconnus du public et aptes à le choquer vivement par des dissonnances et des tournures mélodiques inattendues; mais, cette obscurité qui un instant enveloppa les œuvres qu'en eux-mêmes ils sentaient lumineuses, fut pour eux un véritable désespoir. Ils avaient tant cherché à être très clairs ! ils eussent tant voulu qu'on les comprît !!... n'est-ce pas le rêve de l'artiste, qui toujours est une âme aimante, de se sentir en communion d'âme avec tous?

Au reste, ce besoin de clarté c'est le bon sens lui-même qui le donne à chacun. Lorsque nous avons une pensée, et que nous en voulons faire part à un ami, nous tâchons de nous exprimer en langage clair, de faire surgir notre idée au milieu des phrases simples, pour qu'elle apparaisse lumineuse et soit comprise facilement.

Donc, à ceux qui me feraient cette remarque très juste que, à notre époque, nous ne pouvons pas juger les musiciens de notre temps mieux que les contemporains de Wagner ne jugeaient *Lohengrin;* que je n'ai donc pas qualité pour condamner les jeunes compositeurs qui prétendent innover en continuant Wagner, Franck et M. d'Indy, sans apporter rien de nouveau à l'art de ces maîtres, sinon une obscurité voulue et des complications recherchées; je répondrai que depuis l'origine, les œuvres d'art furent écrites pour être comprises ; que l'art se compose d'une idée immatérielle, mais aussi d'une technique esclave de la pensée, d'un langage qui doit exprimer l'idée, la traduire avec la plus grande clarté

possible ; que jusqu'ici les grands maîtres parurent obscurs bien malgré
eux ; c'est donc s'en séparer que de chercher volontairement l'obscurité ;
enfin il y a bien des chances pour que ces jeunes esthètes qui n'ont pas
une seule des qualités, communes à tous les grands génies, ne soient
pas dignes même du nom d'artistes.

Qu'ils imitent les maîtres pour lesquels ils se sentent
quelque admiration, c'est fort bien : ils sont incapables de
personnalité et tous leurs efforts doivent se borner à écrire,
dans le style de Franck ou de M. d'Indy en cherchant, à
l'exemple de ces maîtres, la limpidité et la pureté de forme.

Mais lorsqu'ils prétendent inventer un art nouveau, fait de toutes
pièces, en dehors de toutes les lois musicales, avec des morceaux
de symphonies pris au hasard, déformés, enlaidis, allongés indé-
finiment sans plan et sans structure, on est en droit de se souvenir que, dans l'histoire de l'art, tous les acteurs de pareils
rôles disparurent dans l'oubli, après un court moment de gloire
due surtout à l'étonnement où leur incohérence plongeait un instant
le public.

Je me suis toujours méfié des œuvres d'apparence bizarre et énigma-
tique ; jamais elles ne sont indifférentes, jamais elles ne sont médiocres :
parfois l'énigme cache un chef-d'œuvre, souvent c'est une mystification.
Mais il est facile de s'assurer assez rapidement de la vraie valeur de ces
productions d'étrange aspect : en étudiant consciencieusement un chef-
d'œuvre d'abord incompris, les obscurités disparaissent ; on s'initie à un
nouveau langage ; de nouvelles beautés apparaissent peu à peu ; à l'incom-
préhension succède l'enthousiasme. Au contraire, les œuvres mytifica-
trices et incohérentes de nos jeunes artistes « de l'avenir » étonnent
d'abord ; on les soupçonne de cacher peut-être, sous leur forme bizarre
des élans de génie ; puis, à l'analyse, tout s'écroule ; le vide apparaît, et
bientôt l'œuvre devient insupportable.

Rien n'est aussi facile à acquérir qu'une personnalité factice : par
connaissance du métier, on en créerait chaque jour plusieurs fort amu-
santes ; par le déréglement de l'imagination et l'absence de toute logique,
on arrive à ce chaos, si à la mode aujourd'hui dans le monde snob, et
qu'on est convenu d'appeler « musique de l'avenir ».

Je crois bien que le véritable artiste ne cherche pas la personnalité :
se sentant attiré vers un genre de beauté nouvelle, différente de ce
qu'il a coutume d'admirer et dont il se méfie généralement, il
s'instruit, il sonde les vieux maîtres, s'exerce à écrire dans leurs styles,
apprend toutes les langues musicales qui ont existé, et, malgré lui, se

retrouve toujours lui-même : les accents naïfs que, tout enfant, il expri-
mait maladroitement au piano ; les combinaisons harmoniques qu'il
cherchait péniblement, au temps où il ignorait l'harmonie ; les rythmes
qui chantaient dans sa tête et s'y combinaient de manière toute nouvelle
en une polyphonie qu'il n'avait entendue nulle part, alors qu'il ignorait
le contrepoint, il les ressent de nouveau, à peine modifiés par une adresse
plus grande, une élégance acquise par l'étude, une logique due à la
réflexion. Alors il lutte contre son âme elle-même; il a peur de trop
s'éloigner des maîtres qu'il a tant étudiés; mais son tempérament
l'emporte, il s'y laisse passionnément entraîner : il souffrirait trop
d'écrire dans le style des autres. De plus, il connaît si bien les lan-
gages des maîtres qu'il ne saurait leur emprunter une mesure sans s'en
apercevoir aussitôt; sa personnalité triomphera formée par la science de tout
ce qui a été fait avant lui; son âme chantera toutes les sonorités dont elle
déborde ; à son tour il deviendra un créateur comme Palestrina, comme
Bach, comme Wagner, comme Schumann ; il sait que, peut-être, il ne sera
pas compris à l'apparition de ses œuvres sincères, qu'importe ? Ses
symphonies ou ses drames seront analysés et leurs beautés apparaîtront
peu à peu ; un jour le public les verra enfin lumineux, puissants, et
sous le charme, il acclamera en leur auteur un nouveau dieu.

Je parlais de ceux qui, ayant acquis, par un peu d'étude, une certaine habileté dans l'art d'écrire en musique, se créent par une laborieuse transformation ou une pénible singerie des œuvres des maîtres,
une personnalité de laide apparence.

Je ne dois pas faire silence sur d'autres fabricants de « musique nouvelle » qui, très doués, ayant vraiment des idées originales, sinon belles,
négligent d'apprendre « le métier » ; et, sous prétexte de personnalité,
méprisent les vieux maîtres; du reste, ils les connaissent à peine et
affectent de considérer Wagner lui-même comme une « vieille perruque »,
et un peu moins « pompier » que les autres.

En dehors de ce ridicule manque de respect pour des maîtres que
l'on doit aimer à cause de leur génie et vénérer parce qu'ils furent tous
des travailleurs acharnés et énergiques, ces esthètes qui se croient
« dernier cri » et qui probablement eurent des ancêtres à toutes les
époques, bohêmes paresseux de l'art musical, ne produisent jamais
des œuvres solides et gâchent malheureusement, dans une dédaigneuse
indolence, les dons parfois précieux, qui mûris par l'étude, révéle-
raient du talent et peut-être du génie.

De nos jours on ne se rend pas assez compte que l'œuvre d'art ne vit pas
seulement d'*idées*, mais d'ordre, de construction, d'unité dans les idées.

Il me semble que la plus belle définition de l'Art le représente comme
« la variété ramenée à l'unité ». En effet, nous trouvons ces deux
éléments habilement combinés, non-seulement dans toutes les productions artistiques qui nous ont charmés, mais encore dans la grâce de la
femme qui nous attire, dans le noble visage de l'homme dont nous
admirons la beauté, dans le paysage superbe qui nous émeut, dans
toute la nature enfin, qui est pour l'artiste un modèle éternel.

Quand une œuvre est « construite » solidement, quand la carrure en
est robuste, la charpente puissante, le plan ingénieux, les détails les plus
bizarres, les ornements les plus compliqués, s'y accrochent sans laideur.
Si l'artiste est homme de goût ; s'il sait choisir les ciselures dont il
ornera son monument ; s'il sait grouper habilement les détails qu'il a
choisis, mettre chacun à son plan suivant son importance, il a composé
l'œuvre parfaite et cela par la seule logique. Est-ce à dire que cette
œuvre sera forcément émouvante ? Non, sans doute ; les qualités
d'émotion naissent au fond des cœurs et ne se raisonnent pas, mais
l'œuvre d'art ainsi composée sera toujours très digne de respect et
d'admiration, capable de servir de modèle à tous les artistes.

Le génie sans la science et sans la raison reste à l'état d'intention.

Sur les plages ou dans les jardins, souvent les petits enfants
élèvent laborieusement des châteaux de sable : ils les voient beaux comme
les palais enchantés qu'on leur décrit en des contes féériques : ces petits
poëtes ont conçu l'œuvre d'art.

Et voilà que faute de science, faute de moyens techniques, faute de
force, ils font de pauvres petits édifices, tout gris, bien laids ; leur
imagination essaie de tromper leurs sens ; et, tout à coup, un choc léger
vient démolir le Rêve, l'édifice n'est plus qu'une masse informe et le petit
architecte se prend à pleurer.

L'analyse, et parfois la simple exécution d'une œuvre d'art, surtout
d'une page musicale, sont le léger choc qui fait écrouler les fragiles mo-
numents que nous érigent souvent les constructeurs d' « Art de l'avenir ».

Le règne de l'Incohérence dans l'Art doit-il nous porter à croire que
nous allons à une décadence certaine ? Certes non, nous sommes trop
prévenus. Les époques décadentes courent à leur perte sans y penser et se
croient arrivées aux plus hauts sommets du génie à l'instant même où
elles tombent dans l'abime.

On pourrait, d'une manière générale, comparer notre époque musicale à la fin du XVI⁰ siècle littéraire. La langue possède des richesses peut-
être surabondantes mais mal classées ; on sent que les règles qui régissaient

autrefois l'art musical sont empiriques et n'ont plus raison d'être aujourd'hui ; elles ont varié beaucoup depuis l'origine, donc elles ne sont pas immuables et changeront encore : on sent que la musique sera bientôt soumise à des lois nouvelles, basées sur la logique et non plus sur des habitudes, des écoles, des traditions.

Quelques « précieux », croyant subir l'influence wagnérienne, s'efforcent involontairement d'abaisser l'art musical à des mièvreries, à des raffinements de décadence ; ainsi jadis se formaient ces cénacles, qui dans les ruelles raillées par Molière, s'étaient adonnés à d'infinies subtilités de langage, appauvrissement réel de la langue française.

Les *Précieux* d'aujourd'hui disparaîtront sous le ridicule comme les jolies *Précieuses* d'autrefois : même on sera moins sévères pour eux que ne furent Molière et Boileau.

Aurons-nous quelque Boileau musical ? Pourquoi pas.

M. Saint-Saens ressemble beaucoup à Malherbe, par ses œuvres et surtout par le rôle qu'il joue dans notre quasi-décadence musicale ; maintenant, il faudrait un Boileau ; mais moins froid, moins sec, plus ému, plus tendre, plus sensible à des beautés plus simples.

De même que le grand chef d'école actuel, Wagner, fut d'une plus grande envergure que l'aimable Ronsard, de même le censeur qui portera un coup définitif aux maladroits imitateurs du Maître devra être plus puissant, plus impartial, plus éclectique que le railleur malin de la « nouvelle Sapho ». — Nous avons le droit d'espérer que la Renaissance probable de la musique saura allier à des qualités encore inconnues celles qui furent tant admirées aux époques primitives, classiques et romantiques.

La musique est en retard sur les autres arts : le chromatisme nait seulement aujourd'hui, encore n'est-il pas établi.

Bientôt, le musicien aura pour s'exprimer un langage parfait : alors peut-être l'art musical bénéficiera-t-il en une seule époque de tous les progrès des autres arts à travers les siècles. Je crois bien du reste que les œuvres que nous attendons ressembleront assez peu à l'actuelle et éphémère « musique de l'avenir ».

LES CVIRS
LES RELIVRES
LES COVSSINS
LES ETOFFES
D'ART
DE LOVIS PAYRET-DORTAIL
BRODERIES SOVS LA DIRECTION DE Mme MAVD-VAN-ERRH

Étrennes

par

Henry Eon

L ES catalogues recommencent à sévir. C'est l'anniversaire des étalages multicolores et miroitants et des petits livres remplis de vignettes alléchantes, sur la couverture desquels (illustrée, ô combien tristement) chevauche ce mot d'azur ou de pourpre : *Étrennes*.

De mains en mains, les petits livres circulent. Bébé rêve de soldats de plomb nouveau modèle ; la cuisinière entrevoit la réalisation de son vœu le plus cher, sous l'apparence d'une broche « art nouveau » à 4 fr. 95. Tout converge à l'Art nouveau, en ce moment et c'est sous son inspiration, que Madame, du fond de son fauteuil, suppute les cadeaux qui feront, au plus bas prix, le meilleur effet.

Le catalogue, j'entends le catalogue qui veut se mêler d'art, entretient jalousement le mauvais goût. Il spécule sur deux choses : l'effet et le bon marché.

Or, l'effet est tout relatif. Son imperfection qui n'échappe à aucun œil exercé, est masquée sous le cabotinage d'un titre sentimental : « Statuette *Amour*, métal doré, art nouveau », « Statuette *La Gloire*, simili-bronze décoré, art nouveau ». Le geste est gauche ou ridicule ; la ligne est lourde ; les détails sont défectueux ; un socle de rocaille affecte des allures d'élégance et se contorsionne sans grâce. Mais, une signature quelconque, de zingueur ou de plombier en gros, achève de donner à l'objet l'ombre d'une valeur.

Quant au bon marché, il est notoirement illusoire. Il varie d'un louis à cinq louis avec une facilité et une impudeur trop faciles à dénoncer.

Dénonçons, c'est notre rôle et n'hésitons pas à déclarer que pour les prix inscrits aux catalogues des grands magasins, il y a partout, pour tous les goûts et dans tous les ordres d'idées, d'incomparables équivalents. Ce n'est pas une réclame que nous entreprenons ; c'est une guerre !

Que les gens de province s'en tiennent aux images des catalogues et se contentent des objets médiocres qu'ils recommandent, ils sont, à tout prendre, excusables. Mais ceux de Paris sont vraiment sans excuse : n'entendent-ils pas parler, d'un bout de l'année à l'autre, d'expositions d'art ? De plus, ils ne peuvent sortir, dans les quartiers du centre, sans que leurs yeux soient attirés, aux devantures des magasins d'art, par de belles céramiques, des étains signés de noms connus, des estampes, des pointes-sèches, des eaux-fortes, etc. Comment se peut-il que leur goût soit assez égaré pour préférer à toutes ces œuvres dont la valeur est aussi indiscutable que variée, les petites monstruosités que l'époque des étrennes fait éclore dans les bazars ?

Est-ce la paresse d'entrer dans ces maisons, moins ouvertes certainement que les halls du grand mercantilisme, et de s'informer des prix ? Paresse bien coupable, en tout cas, car la plus petite enquête leur apprendrait que les merveilles de Sèvres, de Copenhague, du Golfe Juan sont à des prix très abordables, et que l'écart n'est pas si grand entre les « étains artistiques » déplorables, de tel grand magasin, et les étains de Baffier et de Desbois.

M. Lachenal, qui expose chaque année ses productions, ne fait un mystère pour personne du prix de ses œuvres ; il les affiche en chiffres connus. N'existe-t-il pas aussi, à la Tuilerie Müller, une série de reproductions en grès, d'un choix d'œuvres des Maîtres de la sculpture contemporaine ? C'est un chat de Dampt ; ce sont des réductions partielles de la frise exécutée pour la porte monumentale de l'Exposition, des animaux fantastiques de Frémiet, des encriers, vases, statuettes de James Vibert, de Grasset, de Hingre. Il se fait même, je crois, pour moins d'un louis, une collection de Tanagra diversement patinées. C'est d'un art encore hésitant, au point de vue des patines, mais qui fait cependant, avantageusement concurrence à « la Vague, statue similibronze, sur socle de bois imitation marbre », de M. Tartempion, et autres inventions navrantes des prospectus.

Que d'exquises plaquettes en argent ou en bronze, signées Roty, Chaplain, Charpentier, Daniel Dupuis, Coudray, on peut également offrir ! et avec quel soin elles sont éditées par la Monnaie. L'administration de cet établissement d'État est au surplus d'un abord facile et il n'est pas d'orfèvre moins exigeant.

Et maintenant, charmantes lectrices en mal de cadeaux, si vous redoutez la fragilité des grès, si vous craignez que les délicates médailles de la Monnaie ne répondent pas aux aspirations que vous désirez flatter, circulez, une heure, dans la rue Laffitte, et, sur la rive gauche, dans la rue Bonaparte ou la rue Racine, vous y rencontrerez maints marchands d'Estampes et vous serez intéressées par les eaux-fortes de quelques maîtres du siècle; vous serez sans doute aussi très charmées par la grâce légère des pointes-sèches de Helleu. Ailleurs, les estampes coloriées de P. Berthon qui font de ravissants panneaux décoratifs, les eaux-fortes d'une intensité si étonnante de Pierre Maud, les magnifiques lithographies d'Henri Rivière ne vous laisseront pas indifférentes et vous penserez évidemment, que mieux vaut posséder l'une de ces œuvres jolies que telles « natures mortes » ou autres petites croûtes à peine plus chères, dont certain magasin que vous hantez, souvent, s'est fait le courtier.

Je ne vous parlerai pas d'autres objets d'art, tels que boucles de ceintures et bijoux rares, dus au talent de quelques sculpteurs raffinés, bien que peu connus jusqu'ici, comme Maignan, Joseph Bernard, Crépin, Calvet, Orazzi; je vous souhaite d'en recevoir l'hommage. J'ai voulu seulement, ici, afin de ramener vos esprits au sens commun, vous dresser un memento d'art, en regard du petit livre grossièrement illustré qui sollicite votre aimable clientèle.

Notons encore parmi les cadeaux d'étrennes agréables à recevoir : les pointes-sèches d'Henri Boutet, les cuirs et reliures d'Art de Payret-Dortail, les poteries d'Octave Fluchaire, les étoffes et coussins de Mᵐᵉ Maud Van Errh, les bijoux de Vital Coulhon.

L'autre jour, au pavillon de la place de l'Alma, conférence sur Rodin par M. Edmond Picard. Au milieu de toutes les merveilles que le Maître a montrées au monde, la voix de M. Picard avait toute l'autorité d'une leçon de choses, très élevée, très documentée.

Et le Maître, dont chacun pouvait admirer la verdeur, a pu recevoir, sans fléchir, toutes les louanges dont M. Picard a scandé son panégyrique. Lire dans une revue, dans un journal, qu'on est un « génie » doit être chose agréable. Se l'entendre dire, en public, au cœur d'un essaim de jolies femmes, doit causer une sensation inexprimable... Les louanges de M. Picard n'ont rien modifié à la renommée très pure de notre plus grand sculpteur moderne.

Chez Georges Petit, une très agréable réunion d'un groupe de coloristes appréciés tels que MM. Brouillet, Delpy, Bouchor. A voir particulièrement, une nature sauvage, traitée avec vigueur par M. Gosselin; les marchés de Quimper et d'Auray, de M. Le Goût-Gérard et des paysages agrestes de M. Quignon, mieux inspirés que ses marines.

Conférence sur Auguste Rodin, par M. EDMOND PICARD.

Au Pavillon de la Place de l'Alma.

Société internationale de Peinture et de Sculpture.

Galeries Georges Petit.

Les Indépendants se sont réunis à l'Hôtel de Poilly. Etrange réunion. A de rares exceptions près. Il règne, parmi eux, le même malaise qu'au milieu des « cartons verts », si artistement dépeints par George Lecomte.

Ils sont cependant jusqu'à six, dont les noms méritent de passer à la postérité et qui n'ont pas subi la contagion. Notons, une « *rivière* » limpide de M. Hélis, des feuillages légers et clairs de M. Ottoz, qui se mirent dans l'eau courante, les aquarelles de M. Poinat, les *meules* de M. Pirola, les délicats paysages du Loiret, de M. Maglin et enfin, les études consciencieuses et très exactes de M. Périnet, à l'île de Bréhat.

C'est de Pont-Aven, de Raguenez et de Doëlan, que M. Chamaillard rapporte des études suggestives, d'une harmonie charmante, d'une facture personnelle d'autant plus méritoire que nous assitons à ses débuts. Il a laissé à l'*Ilot du Moulin*, au *Bois d'amour*, à la *Vallée de Rospico*, leur saveur sauvage, tant de fois dénaturée et mal traduite par les nuées d'artistes étrangers qui se sont abattues sur cette région pittoresque. Beaucoup de sincérité, une vision nette et un coloris très fondu caractérisent l'œuvre de M. Chamaillard à laquelle nous consacrerons quelque jour l'étude approfondie qu'elle mérite. Remercions-le seulement, aujourd'hui, de l'impression de fraîcheur que nous procurent ses ombrages mouvants, ses cascades et ses coins de rivières.

Très curieuses et d'un art à la fois primitif et moderne, sont les sculptures teintées dont il a orné un dressoir et dix petits panneaux. Voilà du « jamais vu » fort original.

L'Art Romand

par

Philip Jamin

Lettre de Genève.

LES expositions municipales et particulières de ces dernières années révèlent une persistante pauvreté d'inspiration. Entre tous ces travaux, quelques-uns sont d'un *faire* estimable. Plusieurs sont dûs à des femmes; mais quelle monotone répétition de « déjà vu ». Serait-ce parce que le calvinisme plus destructif que le protestantisme a flétri pour des siècles cette fleur épanouie ailleurs : le sentiment du Beau ?

Quand les gouvernements organisent des écoles d'art, plus il y a d'élèves, moins il y a d'artistes. La quantité est antagoniste de qualité. Après chaque visite, on s'éloigne en murmurant : « c'est toujours la même chose ». Et en songeant aux exhibitionnistes, ces paroles d'un vieux professeur à H. Taine nous reviennent en mémoire : « La moitié au moins de nos élèves sont impropres à recevoir l'instruction qu'on leur donne ». En manière de résumé, on peut en dire autant des apprentis de nos multiples écoles d'art, dont le recrutement ne se fait qu'en accueillant — quand on ne les sollicite pas — des jeunes gens peu aptes à recevoir la préparation en serre chaude qui a pour objet d'en faire des artistes.

Il y a quelques années nous n'avions que des classes de dessin où les Lugardon, les Abraham Bouvier et les Louis Dériaz formaient une pléiade d'artistes de valeur. Aujourd'hui Genève a doublé de population et dépense des sommes considérables pour ses écoles d'art. Combien d'artistes ont-elles produits ?

Charles Giron, Castres, Gaud, Dufaux, Jeanmaire, Pautex, etc., n'ont suivi que les classes de dessin. Carl Stauffer, le peintre dont s'enorgueillit le canton de Berne, mort prématurément victime de mesures aussi infâmes qu'illégales, ordonnées contre sa personne par un conseiller fédéral, n'a jamais suivi ces écoles prétendues « d'art ».

C'est ici qu'il faudrait examiner les travaux exposés ; décrire de certains paysages ; parler de maintes compositions sentimentales ; analyser les ingrédients employés par ceux qui tentent de suppléer au talent qu'ils n'ont pas par de vastes blagues symboliques ; montrer la technique misérable de plusieurs décorateurs de corps de garde. Mais à quoi bon ?

L'assainissement se fera, les badigeonneurs au mètre carré abusent trop de la tolérance, des signes avant-coureurs annoncent la lassitude des trop rares connaisseurs.

En Russie et en Italie, peintres et sculpteurs s'inspirent des motifs de critique sociale. Les visiteurs de l'exposition de Milan concentraient leur attention sur des œuvres de cette nature, quelques unes obtinrent un succès considérable et du meilleur aloi. « *Nos esclaves* » ou plutôt *Salon d'attente dans un sérail public*, eut l'honneur d'être momentané- ment exclu des salles avant la visite de la reine par les valets royaux désireux de soustraire à ses regards le sujet de réflexions inévitablement . suggérées par un morceau de sculpture qui égale la plus documentée des pages éloquentes de Charles-Albert.

Nos Esclaves, splendide groupe de grandeur naturelle. L'expression de dégoût, la désespérance professionnelle s'y unissent à une judicieuse exposition des appas en location. L'œuvre atteint un si haut degré de réalisme ou plutôt de vérité qu'elle est obsédante ; aussi l'impression fut-elle profonde. Sanglante accusation portée par l'artiste doublé d'un penseur contre une Société aussi hideuse que la prostitution qu'elle exploite. En vérité, l'amour en ses incarnations nobles et naturelles aura bientôt disparu. La femme aimante, aimée et estimée est remplacée par l'esclave *in divisis*, type femelle de dépotoir vivant, recruté par n'im- porte quels moyens et toujours dans les rangs de la classe pauvre. On peut en dire autant de l'enfant si l'on contemple ceux qui travaillent dans les carrières de soufre en Sicile et dont la condition a inspiré égale- ment à un sculpteur une saisissante composition.

En attendant le réveil artistique, la protection donnée aux médio- crités du dessin, de la peinture et de la sculpture ruine le talent. Clairon, la grande actrice aimée de Voltaire, fait la même remarque (dans ses *Mémoires*) à propos des acteurs de son temps.

Pour avoir exposé un chef-d'œuvre de nu, Chaponnière fut blackboulé par le jury, sa « *Grecque captive* » cadenassée dans une cave et son concurrent — un médiocre — décrocha la timbale.

Médiocre celui au profit duquel le poëte Galloix fut évincé.

Médiocre celui au profit duquel on évinça Cherbuliez.

Et dans tous les domaines, du haut en bas de l'interminable échelle officielle, la « médiocratie » se montre la digne héritière de la théocratie.

Que l'abaissement du niveau artistique déploré ici ait d'autre cause que celle que nous avons signalée, c'est probable. Une société où la sélection s'opère à rebours est impuissante à ressusciter les sources

vitales ; on ne peut donc attendre d'elle la production de fortes individualités, éprises uniquement de vérité et de liberté. Or, sans le concours
de telles individualités, l'Art demeure stationnaire, incapable de se
rajeunir pour quitter résolument les sentiers battus afin de créer les
voies nouvelles où se manifesteraient son développement. L'Art supporte
mal les contraintes ; même il en meurt. Aussi longtemps que durera la
suprématie de l'Argent avec son cortège de prostitutions, de privilèges,
de droits, d'obligations, de devoirs et de sanctions, l'Art s'amoindrira,
parce que pareil milieu est destructeur des conditions génératrices de
son évolution.

L'école, cette coûteuse vache à lait du « médiocritisme » payée aux
dépens des contribuables, grossit le nombre des misérables parce que
toutes les légions scolaires des médiocres ne peuvent pas être casées au
ratelier de l'État et que parmi les non pourvus de postes, de fonctions
ou de commandes officielles, un grand nombre d'anciens élèves végète
et plus d'un s'estime heureux de finir dans la peau d'un homme de
peine, d'un colporteur ou d'un gendarme, quand il ne meurt pas, en
pleine jeunesse, de chagrin et de privations après avoir conquis
couronnes, médailles et diplômes qui, menteusement, lui présageaient
la plus brillante carrière.

Non seulement comme l'a dit George Sand : « on crée partout le
travail » mais pour le soi-disant honneur du travail on crée des écoles
aux titres pompeux, véritables trompe-l'œil, « car partout la misère
augmente. Il semble qu'on soit en droit de regretter la féodalité qui
nourrissait l'esclave sans l'épuiser, et qui, le sauvant des tourments d'une
vaine espérance, le mettait du moins à l'abri du désespoir et du
suicide ».

Toutes les écoles du monde sont impuissantes à combattre la misère
qui est la conséquence de notre organisation sociale.

Pour lutter efficacement contre l'ingérence de l'État dans le
domaine de l'Art, il conviendrait d'attaquer des Écoles qui ne sont en
réalité que des exutoires du chancre électoral et des vices secrets du
fonctionnarisme. Il faudrait montrer que l'école d'État n'est qu'une
pépinière d'ambitieux, de fruits secs et d'intrigants qui comptent moins
pour réussir sur leurs prétendues études artistiques que sur le concours
des loges, des consistoires et autres corps fermés dont le contact
répugne aux âmes fières et refusant de se vendre à un parti, à une
secte ou à une coterie. « *Malheur à celui qui n'appartient à aucune
coterie* » *.

* Edmond About.

Heureusement que de temps à autre les sevrés de beauté peuvent échapper à l'ambiance actuelle. C'est ainsi que les correspondants de la *Stampa* de Turin, du *Record* de Chicago, du *Daily News, Ill.* et celui des *Partisans* ont eu la bonne fortune de visiter la collection Jacques Gross, depuis tant d'années fermée au public. Ils y ont remarqué trois siècles de peinture : XVIᵉ, XVIIᵉ et XVIIIᵉ siècles, tableaux presque tous bien conservés. En première ligne y figure un chef-d'œuvre, *la Fortune,* dû au pinceau de Romano qui rappelle et se rapproche de Michel-Ange. C'est une magnifique étude de nu, toute vibrante de mouvement et d'un raccourci puissant. Le disciple égale le maître dans cette admirable peinture, à côté de laquelle est digne de figurer *Le joueur de flûte* de Frantz Halo.

Des fenêtres de cette petite maison de la rue de Lyon — où penseurs et artistes sont reçus sans montrer patte blanche — on distingue à travers un bouquet d'arbres centenaires, l'habitation de Voltaire où de 1758 à 1762 le philosophe augmenta notablement sa galerie de tableaux ; là, Saint-Lambert et sa voluptueuse marquise d'Epinay venaient juger de la sûreté de goût de leur illustre hôte.

Entre la collection des Délices et la collection Jacques-Gross dont le Bellini (1501) aurait appartenu à Voltaire, un rapprochement s'impose aux rares privilégiés admis à contempler les œuvres de choix patiemment réunies par quatre générations, œuvres parmi lesquelles nous trouvons Van der Velde dont la manière rappelle la facture de Rembrandt, une *Halte de voyageurs* de Vinkelbrooms, des Moroni, un Denner et un Lanzoni peint par lui-même. L'énumération de toutes ces merveilles si jalousement préservées du contact des badauds lasserait l'attention.

L'heureux héritier de cette galerie est un fervent de l'art, il ne le laissera profaner, ni par le marchandage ni par la curiosité ignare. Sa collection va enrichir le musée de Bâle, sauf une *Vierge* de Floris et un *Liberi* de l'école de Crémone destinés au musée de Lausanne. N'est-il pas regrettable que Genève ne soit pas appelée à posséder dans ses collections certaines de ces précieuses toiles, qui nous ont élevé — pour quelques instants — dans les régions sereines de la Beauté ?

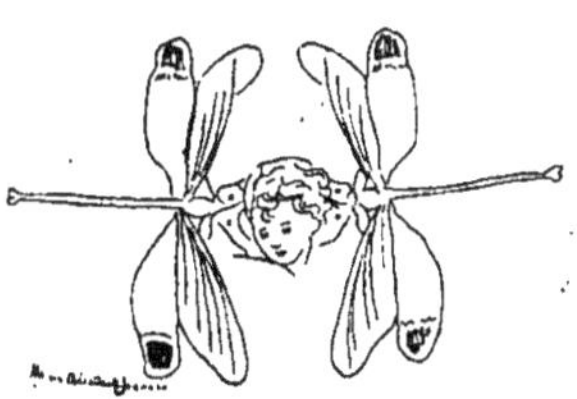

" Les Partisans "

paraissent

tous les quinze jours

avec

une couverture nouvelle

Imprimé par L. LHEN, Paris